Freiberg
Wilde Weißeritz
Rote Weißeritz
Freiberger Mulde
Altenberg
Geising
Olbernhau
Seiffen
e b i r g e
Biela
Komotau

Es ist
hunderttausendmal wertvoller,
sich ein Fest selber zu machen,
als es sich zu kaufen.
Wer es sich kauft,
ist arm,
wer es sich selber bereitet,
ist unendlich reich.

Oskar Seyffert

Gerhard Heilfurth / Ehrhardt Heinold
Hans Jürgen Rau

Weihnachtsland Erzgebirge

Geschichte und Geschichten,
Volkskunst, Holzspielzeug, Sitten und Bräuche,
Lieder, Gedichte und Rezepte

Husum

CIP-Titelaufnahme der Deutschen Bibliothek

Weihnachtsland Erzgebirge : Geschichte und Geschichten, Volkskunst, Holzspielzeug, Sitten und Bräuche, Lieder, Gedichte und Rezepte / Gerhard Heilfurth . . . 2., überarb. Aufl. – Husum : Husum Druck- u. Verlagsges., 1991
ISBN 3-88042-284-2
NE: Heilfurth, Gerhard [Hrsg.]

2., überarbeitete Auflage 1991

Satz: Fotosatz Husum GmbH
Druck und Verarbeitung: Husum Druck- und Verlagsgesellschaft
Postfach 1480, D-2250 Husum
ISBN 3-88042-284-2

Das Erzgebirge als „Weihnachtsland“

Erinnerungen und Einblicke in seine Struktur und Geschichte

Gerhard Heilfurth

I

Wer der Frage nachspürt, warum das alte Wald- und Grenzgebirge zwischen Sachsen und Böhmen im Laufe seiner Geschichte zu einem so produktiven Weihnachtsland von ganz eigenem Profil und großer Strahlkraft geworden ist, der stößt auf zwei Gründe: einmal den Fundus einer traditionsreichen Bergbaukultur, die sich hier dank ergiebiger Bodenschätze zu einer einzigartigen Höhe und prägenden Kraft entwickelt hat, zum andern den realitätsoffenen und brauchfreudigen Frömmigkeitsstil im historisch und politisch bedingten Gegenüber von lutherischem Protestantismus im Norden und katholischer Glaubenswelt im Süden, die nach dem Abklingen der Gegenreformation späterhin dogmatisch wenig eingeengt war. Gerade im weihnachtlichen Überlieferungsgefüge tritt dieses Ineinandergreifen lebendig zutage.

Der Name „Erzgebirge“ für die Region vom Vogtland im Westen bis zum Elbsandsteingebirge im Osten ist relativ jungen Datums. Er bürgerte sich erst in der nachmittelalterlichen Zeit ein, nachdem das langgestreckte Bergland zu einem der bedeutendsten Montangebiete unseres Erdteils geworden war. Ältere Bezeichnungen bezogen sich auf die großen unwegsamen Wälder des Gebirges, die seit dem 12. Jahrhundert vom Westen her durch deutsche Besiedlung beiderseits der böhmischen Grenze in harter bäuerlicher Rodungsarbeit friedlich erschlossen worden sind. Aber schon bald wurde die weitere Geschichte durch die Entdeckung reicher Silbervorkommen in eine Richtung gelenkt, die künftig in erster Linie den Charakter der Region bestimmte. Aus aller Herren Länder lockten die wertvollen Erzlagerstätten Menschen in großer Zahl an. Dies führte zu tiefgreifenden Strukturveränderungen des abgelegenen Waldbauernlandes. Es stieg um die Wende zur Neuzeit durch den Bergbau zum städte- und volkreichsten Gebirge Mitteleuropas auf.

II

Als geistige Mächte standen Renaissance und Humanismus, besonders aber die Reformation dahinter, die von Wittenberg aus rasch nach Süden vordrang und über das Erzgebirge hinweg auch in den böhmischen Raum hineinwirkte. Vor allem wandernde Bergleute verbreiteten unaufhaltsam Luthers Lehre und fanden überall großen Widerhall. Die religiös und sozial bewegten Erzknappen waren stolz auf den Reformator und seine Botschaft, nicht zuletzt, weil er, wie sie später in ihren Liedern sangen, „auch eines Bergmanns Sohn“ war und weil sie seine Schrift „von der Freiheit eines Christenmenschen“ begeisterte. Aus der Bewegung wuchs unter Überschreitung der staatlichen Grenze eine beachtliche kulturelle Blüte, die im gesamten Erzgebirge von den bergstädtischen Zentren

Blick auf einen Teil der alten Bergbaulandschaft von Neustädtel (seit 1939 nach Schneeberg eingemeindet)

aus große Leistungen hervorbrachte, wobei manches katholische Erbe bewahrt blieb. Dafür ist kennzeichnend, daß z. B. Georg Agricola, der Begründer der Montan- und Geowissenschaften auf der Basis des erzgebirgischen Bergbaus, ein treuer Anhänger der alten Kirche bis zu seinem Tod im Jahr 1555 war. Doch jähe Rückgänge der Erzerträge und dann vor allem der Dreißigjährige Krieg unterbrachen die Entwicklung. Es kam nicht nur zu schweren ökonomischen Lähmungen und Bevölkerungsverlusten, sondern vor allem auch durch die gewaltsame Rekatholisierung in Böhmen zur konfessionellen Konfrontation, deren Auswirkungen auf das weihnachtliche Brauchtum nicht gering waren.

Unter dem Druck der „Ketzerverfolgung" strömten damals Tausende und Abertausende von Flüchtlingen und Vertriebenen aus dem Süden über den Erzgebirgskamm in verschiedenen Wellen. Doch der größere Teil der Bevölkerung gab die Heimat nicht auf, und so wurde das deutsch-böhmische Erzgebirge wieder katholisch. Für die Exulanten aber bot die Grenze weiterhin Durchlaß. Anfangs fanden sie in den vorhandenen Ortschaften Aufnahme. Später wurde für ihre Unterbringung längs des Gebirgsrückens eine ganze Reihe eigener Siedlungen, als größte Johanngeorgenstadt, gegründet, die seitdem besondere Kontaktstellen für das „Herüber" und „Hinüber" bildeten, auch was die Ausformung des Weihnachtsfestes anlangt. Als sich die Lage beruhigte, zeigte sich, daß die Glaubensunterschiede die alte Symbiose der deutschen Bevölkerung beiderseits der politischen Grenze kaum schwächten. Der Zusammenhang wurde durch das Band der ethnisch-sprachlichen Gemeinsamkeit bis zu den zerstö-

Das Spielzeugdorf Seiffen mit dem Schwartenberg im Winter – Mittelpunkt der Reifendreherei und „Männelmacherei“

rerischen einschneidenden und weittragenden Folgen der Hitlerdiktatur bewahrt. Ja, es ergab sich im Ganzen eine durchaus fruchtbare Spannungssituation in vielen Teilbereichen der erzgebirgischen Volkskultur. So drangen von Böhmen her in die Herbheit des Gebirgslandes Einflüsse des Barock mit seiner elementaren Farben- und Formenfreude bis weit in den lutherischen Norden vor. Vor allem waren es wirtschaftliche Notstände, die für grenzüberschreitende Mobilität sorgten. Die wechselseitigen Begegnungen rissen nicht ab, Vorgänge, die sich im Auf und Ab der Zeit trotz äußerer Unterschiede zu einem Bild mannigfacher Verbundenheit verwoben. Das gilt ganz speziell für die erstaunlich facettenreiche Weihnachtskultur, die durch die übergreifenden Traditionszusammenhänge der bergmännischen Arbeits- und Lebenswelt geprägt war – auch in Krisenzeiten, die nur zu oft Armut und Not brachten, blieb der Bergmann eine Leitgestalt voll Ansehen und Würde.

III

Die bunte Fülle der Weihnachtsfiguren, die nach außen hin den Ruf des Grenzgebirges als Weihnachtsland begründet haben, steht auf dem großen Hintergrund der Festgestaltung insgesamt von Advent bis weit in den Januar hinein. Dazu gehört die erzgebirgische Sitte, drei „heilige Abende“ zu feiern: vor dem Christfest, zu Silvester und vor Hohneujahr, dem Dreikönigstag. Das Mosaik der Brauchelemente zeigt einen großen Variantenreichtum sowohl im sakralen wie im profanen Bereich mit gottesdienstlichen, familien-, vereins- und ortsgebundenen Formen, vielfach bestimmt durch

Verschiedene „Künste" zur Förderung, aus Georg Agricolas Buch „Vom Berg- und Hüttenwesen" (1556)

Bergwerksdarstellung im Museum für Bergmännische Volkskunst in Schneeberg mit Szenen aus der Überlieferung der sogenannten „Langen Schicht von Ehrenfriedersdorf"

spezifische Züge, die auf das Montanwesen zurückgehen.

Diese Bergmannsstandeskunst mit ihrer breiten Ausstrahlung in die gesamte Volkskunst hat im Erzgebirge eine lange Tradition. Gehörte doch – so besagt 1698 ein Ständebuch – „zu einem vollkommenen Bergmann ein sehr guter Verstand und merkliche Wissenschaft verschiedener Dinge". Er mußte nicht nur ein „philosophus" sein, d. h. Einfühlsamkeit in die Kompliziertheit seiner Betriebswelt besitzen, sondern auch über vielseitige Elementarkenntnisse eines „architectus" verfügen, denn über und unter Tage waren überall Fertigkeiten zum „Bauen" gefordert. Seine konstruktive, erfinderische und handwerkliche Geschicklichkeit hatte er vor allem an den „Künsten" zu erproben – so hießen in der Bergmannssprache bezeichnenderweise die verschiedenartigen kunstvollen Betriebseinrichtungen, die Förder-, Pump- und Pochwerke. Georg Agricolas berühmtes Bergwerksbuch, das um 1550 entstand, vermittelt durch die beigegebenen Holzschnitte einen höchst lebendigen Eindruck von dieser frühen technischen Wunderwelt, errichtet aus dem Werkstoff Holz, das in den großen Wäldern ringsum, durch „Holzordnungen" sorgsam geschützt, zur Verfügung stand. Deshalb hatte der Bergmann stets entsprechendes Gerät zur Hand, neben Schlägel und Eisen auch Grubenbeil und Schnitzmesser, den sog. „Tscherper". Er war ein Tüftler und Bastler von Berufs wegen. Warum hätte er seine Grundfertigkeiten in der Holzbearbeitung nicht auch nach verfahrener Schicht betätigen sollen, als Feierabendkunst, mit der er seinen schmalen Lohn aufbessern konnte, und in Krisen- und Notzeiten, wenn die Gewinne der Fundgrübnerei nachließen oder ganz aufhörten, als Ersatz- oder Nachfolgebeschäftigung, aber auch aus spielerischer Gestaltungsfreude.

So entstand schon bald vielerlei „Bastelwerk". Besonders erwähnt werden die „Guckkästen", die im etagenförmigen Aufbau mit Stollen, Strecken und Schächten das geheimnisumwitterte Arbeitsgefüge der Häuer unter Tage zur Schau stellten, mit der Einfahrt, dem Abbau der Erze vor Ort und ihrer Ausförderung bis hin zur Aufbereitung, oder die „Geduldflaschen", die kleinste Konterfeie ganzer Bergwerksbetriebe, wie von Zauberhand ins Innere eingebracht, zeigen und deshalb auch „Eingerichte" hießen. Auch Leuchterformen, die für Weihnachten bestimmt waren, sind bereits früh nachweisbar, zumal der Bergmann im Dunkel der Erde in besonderer Weise mit dem Licht umzugehen verstand: so, angeregt durch die Wölbungen der Stollenmundlöchter, die „Schwibbögen" mit aufgesteckten Lichtern, ehemals von den Bergschmieden kunstvoll aus Eisen gefertigt, später auch in Holz geformt, oder hölzerne Nachbildungen von Hängeleuchtern aus Glas oder Zinn, die im Volk „Bergspinnen" hießen und oft mit Schnitzereien versehen waren.

IV

Zu Beginn des 19. Jahrhunderts hat Christian G. Wild (1785–1839), damals Student in Wittenberg, aus seinen Kindheitserinnerungen das weihnachtliche Leben und Treiben seiner westerzgebirgischen Heimat, in der zu dieser Zeit der Bergbau noch voll in Gang war, anschaulich beschrieben und die „be-

Das Bergwerk in der Kokosnuß ist eine zeitgenössische westerzgebirgische Schnitzarbeit. Sie fußt auf der Tradition minutiöser Wiedergabe des bergmännischen Arbeitsalltags und zeugt von der typisch erzgebirgischen Treue zum wirklichkeitsgerechten Detail

„Geduldflasche" von 1885 mit Darstellung eines Bergwerkbetriebes

Bergleute bei der Haspelarbeit in einer Nußschale

Krippendarstellung in einer Nußschale

Leuchterspinne, 1958 von Seiffener Holzdrechsler geschaffen

sonderen Eigenheiten" herausgestellt, die er im Vergleich mit anderen „christlichen Ländern und Provinzen" als regionaltypisch empfand.

„Während der ganzen Adventszeit" – so beginnt er seine Weihnachtsschilderung – „arbeitet und schnitzt der fleißige und speculative Bergmann an allerlei mechanischen Spielereien, welche meistenteils allerlei Modelle des Bergbaues sind und ihn manchen Schweißtropfen kosten. Diese verkauft er nun entweder, damit er Feiertagsgeld habe, oder er illuminiert sie zur Freude seiner Familie am Heiligen Abend". Er weist dann vor allem auf zwei weihnachtliche Gestaltungen hin, die für die erzgebirgische Volkskunst bis heute charakteristisch geblieben sind: geschnitzte „Steiger" und „Pyramiden".

Wild berichtet des weiteren, daß es ihm in der Weihnachtszeit am Heiligabend „vorzüglich in Schneeberg" – dort hatte er die Lateinschule besucht – „gefallen hat, wo man abends auf dem sogenannten Gebirge hinter Neustädtel oder auf dem Mühlberg fast alle Häuser an den Fenstern sehr hell erleuchtet sieht, welches in dem Dunkel der Nacht sehr schön in die Augen fällt. Dazwischen tönt immer ein beständiges Lärmen und Singen. Auch die Bergsänger gehen abends mit Stangen-Laternen und Zithern herum und singen allerlei Bergmannslieder. Bei dem geschickten Schlossermeister Muth sah man sonst auch verschiedene Bergwerks-Vorstellungen, welche ein einfacher Mechanismus lebendig machte, wobei noch allerhand kleine Spaßerei vorkam. Die gewöhnlichen Speisen am heiligen Abend sind Semmelmilch, Hering mit Milchbrei oder mit Äpfelsalat, oder Sauerkraut und Wurst, wobei das Gläschen Schnaps nicht fehlen darf. Zu dieser Mahlzeit brennt ein großes, buntgemaltes Licht, auf welchem oft Namen und Jahrzahl zu sehen ist oder ein Spruch. Diese Lichte machen und malen sich die Bergleute selbst und schenken zu dieser Zeit einige ihren Vorgesetzten. Die Andächtigen singen zu Hause fromme Lieder, während die Frohen umher ziehen und die Weihnachtsgeschenke bewundern", wo das „Bornkinnel" beschert hat, das heißt, das Christkind seine Gaben ausgeteilt hat. „Bornkinnel" ist im Erzgebirge eine alte Bezeichnung, die zugleich für Weihnachten überhaupt steht.

Wild gebraucht das Wort in dieser Bedeutung, als er eine Begegnung zweier Bergleute während der Adventszeit in Mundart schildert. Sie begrüßen und verabschieden sich mit dem im Erzgebirge entstandenen Bergmannsgruß „Glückauf". Der eine berichtet dem anderen, daß er zur Zeit viel zu tun habe: „Ich muß Bornkinnelsachen schnitzen, da stehe ich nicht von meinem Sitz auf, nachher schlafe ich ein wenig und fahre dann an" (beginne meine Arbeitsschicht im Bergwerk). Er erzählt des weiteren, daß er auf dem Weihnachtsmarkt eigentlich einen neuen „Tscherper" kaufen wollte, aber es hätte ihm an Geld gefehlt. Diese feststehenden Grubenmesser waren für die Bergleute alten Schlages „Allround-Werkzeuge", mit denen sie auch ihre Figuren schnitzten, ohne andere

Bornkindel in der St.-Wolfgangs-Kirche zu Schneeberg mit flankierender Bergmannsfigur als Lichterträger

Hilfsmittel zu benutzen. Noch 1920, als die erste Schnitzschule in Neustädtel entstand, hielt der Schnitzmeister streng darauf, daß nur mit solchen einfachen Schnitzmessern gearbeitet wurde, die er selber herstellte. Bis heute ist der Westteil des Erzgebirges ein ausgesprochenes Schnitzgebiet geblieben.

Blick auf den Arbeitstisch eines erzgebirgischen Schnitzers

V

Das Osterzgebirge ist, ebenfalls auf bergmännischem Hintergrund, zum traditionsreichen Drechselgebiet geworden, mit dem durch seine Spielzeugherstellung berühmten „Seiffener Winkel" als Zentrum, einem ehemaligen Zinngewinnungsgelände; aber auch Olbernhau und Grünhainichen müssen hier genannt werden. In dieser Region entwickelte sich seit dem 18. Jahrhundert, als die Bodenschätze früher als in anderen Teilen des Grenzgebirges zuende gingen, die Holzverarbeitung zum Haupterwerbszweig unter Zuhilfenahme der Drehbank, zunächst mit Fußantrieb, aber bald auch unter Einsatz der Wasserkraft und später künstlicher Energie. Aus den Erzknappen wurden Drechsler. Zunächst stellten sie hölzernes Gebrauchsgut her, dann auch Spielzeug und Hand in Hand damit Weihnachtsfiguren aller Art.

Kürzlich hat Manfred Bachmann aufgrund eigener Untersuchungen und der vieler Heimatforscher mit großer Sachkenntnis in dem zusammenfassenden Buch „Holzspielzeug aus dem Erzgebirge" diese Umschichtung vom Bergmann zum „Volkskünstler" dargestellt einschließlich der Sozialprobleme, die sich aus den entstehenden Formen von Kinder-, Heim- und Verlagsarbeit im Zusammenhang mit den Produktions- und Verkaufssteigerungen sowie ihren Krisen und Konjunkturen ergaben, oft auch mit schlimmen Auswüchsen, die erst durch konstruktive gesellschaftspolitische Maßnahmen behoben worden sind. Der bilderreiche Band vermittelt nach einem gründlichen historischen Aufriß einen hervorragenden volkskundlichen Überblick über die Holzgestaltung mit ihrer Fülle an Formen samt der genialen Erfindung der „Reifendreherei" und mündet in das vielsagende Kapitel „Seiffen – Werkstatt des Weihnachtsmannes" aus.

Aus den Drechsel-, Schnitz- und Malwerkstätten dieses Gebietes stammen Heerscharen von Figuren: das fürs Erzgebirge charakteristische Gespann von lichtertragendem Engel und Bergmann, Räuchermänner und Nußknacker, musizierende Puttenorchester und singende

Die Zeichnung von Kurt Rübner vereinigt bekannte erzgebirgische weihnachtliche Figuren und Gegenstände

Aus dem gedrehten Reifen entsteht die Tierfigur

Kurrendegruppen, bergmännische Aufzüge mit Musikkapellen und den verschiedenen Chargen, an der Spitze der berittene Berghauptmann, ferner Waldleute und Striezelkinder, dazu die Vielzahl an wildem und zahmem Getier, mit staunenswerter Geschicklichkeit aus Fichtenholzreifen herausgedrechselt und -geschnitten, nicht zu vergessen die kunstreichen „Spanbäumchen" und die Spieldosen mit ihren Weihnachtsliedern und ihrer bunten umlaufenden Szenerie.

VI

Die geographische Differenzierung West/Ost darf jedoch nicht überzeichnet werden – es gibt mancherlei Übereinstimmungen und Zusammenhänge, wenn man das Ganze des Erzgebirges ins Blickfeld nimmt. Das gilt ähnlich für die Abgrenzung zwischen Nord und Süd, wobei hier auf die konfessionellen Faktoren hinzuweisen ist. Brauchtümliche Gemeinsamkeiten lassen sich erkennen, wenn man den weihnachtlichen Umzugsspielen nachgeht, die sich bis in die vorreformatorische Überlieferung zurückverfolgen lassen, mit Formen, in denen weiterwirkende Elemente des „Winteraustreibens" spürbar bleiben. Junge Burschen, meist Erzknappen, waren ihre Akteure. Es hat die Kirche viel Mühe gekostet, solche „archaischen" Züge zugunsten der weihnachtlichen Sinndeutung des Festkreises zurückzudrängen. Näher erforscht sind diese Vorgänge in Freiberg, wo noch 1580 verkleidete Bergleute am „Heiligen Christabend" vor dem Dom ein „Mittwinterspiel" inszenierten. Ein Menschenalter später bat eine Gruppe von Schlägelgesellen, „mit dem Stern der Weisen aus dem Morgenland umhergehen" zu dürfen, und aus der Zeit vor dem Dreißigjährigen Krieg ist der Text von einer „Comödia, welche am Weihnachtsabend die Lengefelder Jugend aufführte" erhalten. Die auch anderwärts nachweisbare Bezeichnung „Heilig-Christ-Komödien" deutet die

Von der Spieldose erklingt eine weihnachtliche Melodie, zu der sich die Figuren im Kreis drehen

Engelkapellen aus dem Erzgebirge gibt es in vielerlei Gestalt. Neben den bekannten gedrechselten Figuren mit den pausbäckigen Gesichtern auch handgeschnitzte von zarter Anmut

Neigung zur Ausgelassenheit solcher Spiele an, auch wenn die Gestalten der biblischen Geschichte im Mittelpunkt standen.

Um 1700 veranstalteten Bergleute Umzüge mit Joseph, Maria und einer Christkindfigur, auch mit Hirten, Engeln und den drei Königen. Südlich von Freiberg, im Raum Seiffen, war ein Umgangsspiel zum Kinderbeschenken und -prüfen üblich, wie auch anderwärts im Erzgebirge. Die Darsteller zogen von Haus zu Haus, darunter der bärbeißige „Knecht Ruprecht" (in der Mundart Rupperich), der, jedesmal vom „Heiligen Christ" hereingerufen, den Spruch herauspolterte:

> Flitsch, flatsch, Flederwisch!
> Draußen ist mir's gar zu frisch,
> will mich in die Stube machen
> und den Kindern vertreib'n das Lachen,

denn er hatte zu examinieren, ob sie gut oder böse waren – zweifellos ein Nachklang alter Schreckgestalten.

Im Westerzgebirge gibt es entsprechende Überlieferungen. Dort wurden in Schneeberg vor und nach 1700 Weihnachtsspiele der Bergleute von einer strengen Geistlichkeit getadelt und untersagt, weil sie ihrer Ansicht nach „über die Stränge schlugen". Aber die Einsprüche halfen wenig. Ein halbes Jahrhundert später wird wieder von derlei Aufführungen durch bergmännische Gruppen im Bereich der Bergstadt berichtet, die unter großem „Zulauf gemeinen Volks" stattfanden, und als der Rat zu Schneeberg dies verbot, verlegten die Knappen ihre Darbietungen in Zechenhäuser des Neustädteler Grubenfeldes, wo das Privileg der „Bergfreiheit" ihnen Spielraum ließ. Christian G. Wild schildert anschaulich ein solch altes Spektakel, bei dem Burschen die Weihnachtsgeschichte „als ein Lustspiel aufführten" in „burlesken Versen" mit drastischen Details.

Aus dem mittleren Erzgebirge wissen wir durch erhaltene Gerichtsakten von einer wochenlangen Weihnachtsspielaktion mit vielen Einzelheiten. Sie erstreckte sich im Winter 1804/5 unter Führung eines älteren Bergmanns, der das Spiel von Jugend auf kannte und eingeübt hatte, auf eine ganze Reihe von Ortschaften. Folgende Figuren traten darin auf: neben Maria mit einem geschnitzten Christkind in der Krippe und Joseph große und kleine Engel, als komische Gestalt ein mürrischer Wirt, der den Herbergssuchenden höchst unfreundlich gegenübertrat, drei arme Schäfer und drei Könige, schließlich der um seinen Thron bangende „Tyrann" Herodes, der einen Schriftgelehrten mit großer Brille auf der Nase über den „neugeborenen König" befragte, und ein blutrünstiger Kriegsknecht. Für die Beteiligten, die mit großem Eifer und Zeitaufwand bei der Sache waren und in der Bevölkerung viel Anklang gefunden hatten, ging das Ganze schlecht aus; sie wurden wegen „Religionsverhöhnung" bestraft, wenn auch die Bergleute, die der Gerichtsbarkeit des Bergamts Geyer unterstanden, dabei relativ glimpflich wegkamen.

Aber die weihnachtlichen Volksschauspiele blieben im Erzgebirge trotz aller solcher Einschränkungen im Volk lebendig. Wenn es auf den Winter zuging, machten sich die „Engel- und Königsscharen" für die „hohe Zeit" des Jahres an die Vorbereitungen, vor allem in entlegenen Gegenden. Im unmittelbaren

Auf alte Traditionen gehen die Christmettenspiele zurück; hier ein Szenenbild aus der Kirche in Steinbach

Weihnachtsmette in der Kirche zu Neustädtel

Weihnachten in den 30er Jahren in der Schneeberger St.-Wolfgangs-Kirche

Grenzgebiet war die Spielfreude besonders groß, namentlich im Böhmischen, denn der Katholizismus bewahrte die Volkstraditionen ungehinderter. Seit dem ausgehenden 19. Jahrhundert gewann die weihnachtliche Spielüberlieferung „in bereinigter Form“ auch im Raum der protestantischen Kirche wieder an Boden, vor allem durch die von Kindern aufgeführten „Krippenspiele“, die bis heute in den erzgebirgischen Kirchen gang und gäbe sind, auch innerhalb von Christmettenfeiern, so in Sehma, Steinbach und Neudorf.

VII

Einen Höhepunkt der erzgebirgischen Weihnachtszeit bilden inmitten des von vielerlei alten und neuen Bräuchen durchpulsten Festablaufs die Christmetten in der Morgenfrühe des ersten Feiertages, die auf der böhmischen Seite nach katholischem Ritus zu Mitternacht stattfanden. 1716 nennt sie der Chronist von Schneeberg eine „sonderliche Kirchen-Gewohnheit“ und berichtet, schon seit Menschengedenken seien diese „Christ-Metten dergestalt celebrieret worden, daß die Bergleute mit ihren brennenden Gruben-Lichtern“ in das Gotteshaus einzogen und auf den Emporen Platz nahmen, „gleich wie das Weibsvolk auch ihre Lichter in ihren Stühlen gehabt, und zwar solche, die sonsten in specie Mettenlichter geheißen“. Der immer voll besetzte Frühgottesdienst am „Heiligen Christtag“ habe „mit einer herrlichen Music, so eine Stunde währet, angefan-

gen". Dann erst habe die Predigt begonnen. Leider aber hätten viele sie nicht zuende gehört, sondern schon früher die Kirche verlassen. Das war natürlich ärgerlich für die Pfarrer, und es kam so weit, daß die Kirchenbehörde im fernen Dresden, über diese „Nichtachtung" befremdet, die Christmetten als bloße „Volksbelustigung" abschaffen wollte. Aber die Gebirgsgemeinden bestanden mit allem Nachdruck darauf, vor allem die gruppenstolzen Bergleute; sie verteidigten diese „religiöse Feier" als ein Privileg, ohne das die „schöne Weihnachtszeit" ihr Herzstück verlöre. Und infolgedessen kam es zu Umordnungen im gottesdienstlichen Ablauf.
Ins Zentrum rückten die Weissagungen aus dem 9. Kapitel des Propheten Jesaia. Die Erzgebirgsbevölkerung, besonders die im Alltag dem Dunkel der Tiefe ausgesetzten Erzknappen, empfand es wie einen an sie persönlich gerichteten beziehungsreichen Anruf, wenn als Krönung der Feierstunde die große alte Botschaft von einem festlich, manchmal als Engel, gekleideten Kind mit klarer Stimme unter Geigen- und Trompetenklängen gesungen wurde: „Das Volk, das im Finstern wandelt, siehet ein großes Licht, und über die da wohnen im finstern Lande scheinet es hell!" Daran fügen sich bis heute die Lobpreisungen des menschgewordenen Weltenlenkers an mit dem weiten Ausblick: „auf daß seine Herrschaft groß werde und des Friedens kein Ende". Die erzgebirgischen Bergleute freuten sich Jahr für Jahr auf diese

Fahnengruppe in berg- und hüttenmännischen Paradetrachten vor dem Portal des Portenreuther Hauses, einem schönen Barockgebäude in Schneeberg, das heute das Museum für Bergmännische Volkskunst und Heimatgeschichte beherbergt

Bergmännische Weihnachtsmusik in Schneeberg

tröstliche Verkündigung und haben die hohen Worte in ihr eigenes Weihnachtslied aufgenommen:

Glückauf, Glückauf,
Der Bergfürst ist erschienen,
Das große Licht der Welt,
Er heißet Rat, Kraft, Held!
Auf, eilt ihn zu bedienen,
Auf, Knappschaft, komm zuhauf,
Glückauf, Glückauf!

Das Lied, an vielen Stellen in Brauch, steht in Schneeberg bis heute im Mittelpunkt des Turmsingens und -musizierens, das vor Beginn der Christmette alljährlich von dem 73 m hohen Glockenturm der St. Wolfgangskirche weit ins Land klingt.

Weihnachtliches Turmblasen der Bergleute über dem Schneeberger Marktplatz

Der Schlettauer Markt im weihnachtlichen Schmuck

Weihnachtliche Bergmannslieder hatten aber auch, zusammen mit anderm bergmännischen Singgut, ihren Ort in den Betriebsfeiern am letzten Tag vor Heiligabend, die seit dem 17. Jahrhundert im Zuge der Wiederbelebung der Fundgrübnerei nach dem Dreißigjährigen Krieg üblich wurden. Die Belegschaften versammelten sich in den Hutstuben ihrer Zechen oder auch unter Tage „vor Ort“, um in einer „Mettenschicht“ beim Schein der Grubenlampen gemeinsam Gott zu danken für das zurückliegende Bergjahr und um seinen Schutz für die kommende Zeit zu bitten. Der Brauch war noch in meiner Kindheit im Neustädteler Revier lebendig und zwar in der Bergschmiede der Grube „Weißer Hirsch“. Nach einer besinnlichen Ansprache des Schichtmeisters pflegte es fröhlich herzugehen bei Freibier und Bratwürsten. Es wurde gesungen und gescherzt, aber auch mancher ernste Gedanke erörtert, bis zum Schluß der Dienstälteste den Dankchoral an den Allerhöchsten nach alter Weise anstimmte, in den die rauhen Bergmannskehlen nach bestem Können einfielen:

Herr, der du meine Pfade lenkest,
Mit mir zur Tiefe führest,
Im Schoß der Erde mein gedenkest,
Mich schützest und ernährest,
Dich preist mein Lied, ehrt mein Gesang
Hochauf aus rauhem Felsenhang.

So trug das Weihnachtsfest im „Waldland an der böhmischen Grenze“ auf weiten Strecken bergmännisches Gepräge mit vielen Nachwirkungen bis in die Gegenwart.

Der Bergmannsbrunnen in Schneeberg zur Weihnachtszeit

VIII

Zu den katholischen Relikten bzw. wiederbelebten Innovationen im Erzgebirge zählte dereinst die Sitte, auf den Altären der Kirchen von Weihnachten bis Dreikönig eine geschnitzte Figur des Christkindes aufzustellen, das „Bornkindel“, dessen Name so tief ins Volksbewußtsein beiderseits der Grenze eingedrungen ist, daß er, wie wir aus den Schilderungen Christian G. Wilds wissen, zur umgangssprachlichen Bezeichnung für das Weihnachtsfest insgesamt geworden ist. Besonders schön gestaltete erzgebirgische Bornkindelfiguren stammen aus der Barockzeit und zeigen die typische Ausstattung mit schmucker Kleidung und hoheitsvoller Haltung: ihre rechte Hand ist segnend erhoben und in der Linken halten sie die Weltkugel mit dem Zeichen des Kreuzes. Die Forschung hat bisher etwa 60 Belege für diesen alten Bornkindelbrauch ermittelt, so in Annaberg, Aue, Buchholz, Eibenstock, Elterlein, Geyer, Hartenstein, Johanngeorgenstadt, Kirchberg, Lößnitz, Schneeberg, Schwarzenberg und anderwärts einschließlich von Dörfern in der Umgebung der Städte. „Die im weihnachtlichen Lichterglanz prangende Bornkindel-Figur auf dem Altar muß mächtige Anziehungskraft ausgeübt haben. Die Leute strömten zu Hunderten an den Altar und drängten sich, um das Bornkindel zu sehen . . . Die Erwachsenen hoben ihre Kinder auf den Arm oder gar auf die Achsel, und dies alles geschah während des Gottesdienstes, so daß der Geistliche vor lauter Tumult und Lärmen sein eigenes Wort nicht verstehen konnte“, heißt es in einem zusammenfassenden Bericht.

Bergmannsbläserchor vor der Pyramide am Rathaus im Jahre 1971 zur 500-Jahr-Feier der Bergstadt Schneeberg

Offensichtlich konzentrierte sich im Bornkindel-Brauch für das Volk das Weihnachtswunder und führte vor den Altären zu Jubel und Enthusiasmus, insbesondere auch bei den Kindern, weil die Eltern ihnen erzählten, das Bornkindel bringe die Weihnachtsgeschenke. Es mag für die protestantischen Pastoren nicht leicht gewesen sein, die ordnungsgemäße Abhaltung der Gottesdienste in der Weihnachtszeit angesichts solcher religiöser Verehrungsstürme zu bewältigen. 1712 wandte sich ein Pfarrer deswegen an seinen Superintendenten in Annaberg und bat um Auskunft, wie er sich „bei der Aussetzung des sog. Christkindleins am Weihnachtsfest zu verhalten habe“. Um 1714 bemerkt der Annaberger Bergprediger, es komme ihm vor, als handele es sich hier um so etwas wie

Barocke Krippe böhmischer Herkunft, heute in der Freiberger Gegend noch immer im Familienbesitz

das Überbleibsel einer „päpstlichen Reliquie“, wenn „während der Festtage das Christkindlein, aus Holz formieret und mit Kindskleidern angezogen, auf den Altar ausgesetzt wird“. Mit großer Bedenklichkeit berichtet der Pfarrer von Eibenstock 1748, wie ehedem nach böhmischen Vorbildern – das „Prager Jesulein“ gehört dazu – seiner Kirche eine solche Figur gestiftet worden sei. Er nennt diese Stiftung besorgt einen „unnötigen Ballast“, den man nur als ein Zeichen der „lieben Einfalt“ hinnehmen könne. Aber gegen ein Verbot wehrte sich das Volk leidenschaftlich, so in Johanngeorgenstadt, wo die Bergknappschaft mit ihrem Widerspruch erreichte, daß die ganze Angelegenheit vorläufig ad acta gelegt wurde, um in der Gemeinde gerade zur Weihnachtszeit Frieden zu halten und ihr nicht eine alte Tradition, an der sie hing, wegzunehmen.

Doch der Widerspruch konnte sich auf die Dauer nicht gegen die kirchliche Kritik im amtlich überschaubaren Bereich durchsetzen, ähnlich wie bei den weihnachtlichen Volksschauspielen und ihren Auswüchsen, die sie nach Meinung der Theologen zu einer Art „Mummenschanz“ werden ließen. Es zeigt sich jedenfalls, daß es schwer war, dem eigensinnigen Bergvolk durch eine religiöse Disziplinierung beizukommen. So blieb nichts anderes übrig, als die Bornkindel-

Ausschnitt aus dem Lößnitzer Weihnachtsberg, der als Gemeinschaftswerk des dortigen Schnitzvereins 1915–1917 errichtet wurde (1965 durch Brand vernichtet)

Verehrung im Sinne des fortschreitenden Rationalismus zurückzudrängen und diese kultische Gestalt aus den Gottesdiensten verschwinden zu lassen. Erst in der jüngeren Vergangenheit kam es infolge wachsender kirchlicher Aufgeschlossenheit für die brauchtümliche Weihnachtsüberlieferung zu einem neuen Verständnis für die funktionale Wertung solcher Sinnbilder im Phasenwechsel des Zeitgeistwandels und damit zu einer Wiederbelebung des Bornkindel-Brauchs. Neben den alten Figuren, die aus ihren „Verstecken" hervorgeholt wurden, entstanden auch neue nach den historischen Modellen.

IX

Eine Spielart volkstümlicher Krippenkunst von reizvoller Eigenart sind die erzgebirgischen „Weihnachtsberge". Der Volkskundler Adolf Spamer hat in vergleichender Sicht festgestellt: „In diesen Weihnachtsbergen vereinigen sich alle Künste, Künsteleien und Techniken, Einfälle und Erlebnisse des erzgebirgischen Schnitzerlandes und seiner Bastler". Bei der Herausbildung der Weihnachtsberge haben verschiedene Faktoren zusammengewirkt. Eine der Wurzeln liegt in den von handwerklich versierten Bergleuten kunstvoll gefertigten

Ein 1920 von Paul Tippmer in Schlettau geschaffener erzgebirgischer Weihnachtsberg

Großes Seiffener Krippenhaus von Max Schanz (1895–1953). Max Schanz leitete von 1935 bis 1945 die Seiffener Staatliche Spielwarenfachschule

Abbildern ihrer Arbeitswelt mit Einblicken in den Bergbaubetrieb en miniature. Ein anderer Überlieferungsstrang ist auf die volkstümlichen Christspiele mit ihren bunt kostümierten Gestalten, ihrem Requisitenreichtum und ihrer Drastik zurückzuführen: sie fanden (nachdem die Spiele selbst offiziell mehr oder weniger verboten wurden) auf den Weihnachtsbergen ihren modellierten Niederschlag.
Auch Einflüsse der im katholischen Innerböhmen entwickelten Krippenkunst, die in der Barockzeit mit der Gegenreformation nach Norden vordrang und auch die konfessionelle Grenze überschritt, spielen eine Rolle. An dem Beispiel einer figurenreichen geschnitzten barocken Krippe in der Stadt Frankenberg läßt sich ein solcher Überlieferungsweg zurückverfolgen: aus dem Böhmischen kommend wurde sie über Oberwiesenthal und Annaberg in einer evangelisch-lutherischen Familie von Generation zu Generation weitervererbt und wird bis heute nach altgewohnter Weise Jahr für Jahr aufgebaut.
Aus diesem mehrgesetzlichen Traditionsfundus haben sich die erzgebirgischen Weihnachtsberge in phantasiereicher Vielfalt entwickelt, je nach den räumlichen Gegebenheiten in kleineren oder größeren Ausmaßen, oft terrassenförmig errichtet. Wo der Platz es erlaubte, entstanden ausgedehnte Szenarien: Landschaften mit Pflanzen, Grotten und Gewässern, sowie Baulichkeiten aller Art; aber auch der kleine „Berg“ wurde

Friedrich Nötzel (1893–1985) schuf in Brünlos bei Stollberg diesen Weihnachtsberg, den er in einem Anbau zu seinem Wohnhaus unterbrachte und Besuchern zugänglich machte

liebevoll ausgestaltet. In dieses „Bühnenbild" wurden dann die Figuren zu einem Gesamtkunstwerk eingefügt, so die Geschichte der Christgeburt – von daher trugen ältere Weihnachtsberge nicht selten die Bezeichnung „Bethlehem" –, aber auch weitere biblische Szenen. Die frühen „Berge" bevorzugten dazu als Hintergrund eine „orientalische" Dekoration in Anlehnung an die Bilderbibeln.

Seit der ersten Hälfte des 19. Jahrhunderts fanden in erzgebirgischen Städten während der Festtage öffentliche Ausstellungen großer Weihnachtsberge statt, auf denen das ganze „Leben Jesu" nachgebildet war, zunächst von einzelnen begabten Feierabendkünstlern, dann aber auch von örtlichen Berg-, Krippen- und Schnitzvereinen gestaltet. Der älteste dieser Zusammenschlüsse ist 1879 in Lößnitz entstanden, bald folgten weitere. Adolf Spamer stellte diese Gemeinschaftsleistungen in große Relationen und verglich sie mit dem Meistersang. Oft wurden diese erfindungsreichen Volkskunstwerke durch verborgene Antriebe mit tüftlerischer Geschicklichkeit auch „beweglich" gemacht, so u.a. ein wahres Kabinettstück, das der fromme Strumpfwirker Friedrich Nötzel (1893–1985) in Brünlos bei Stollberg in der Zeit von 1907 bis 1936 phantasievoll aufgebaut und zur Dauerbesichtigung in einem Anbau seines Häuschens untergebracht hat.

Solche groß angelegten erzgebirgischen Weihnachtsberge erhielten im Laufe der Jahre mancherorts auch heimatliche Bezüge, die vertraute erzgebirgische Landschaft wurde dargestellt, das eigene Ortsbild, die Heimatgeschichte, das tägliche Arbeitsleben. Wie andere Schnitz-

Neustädteler Weihnachtsberg mit Bergmannsaufzug in der heimischen Bergbaulandschaft, eine Gemeinschaftsarbeit, begonnen 1925

Ein Detail aus diesem Weihnachtsberg mit einem Neustädteler Umgebindehaus

vereine hatte auch der in Neustädtel, wo der bekannte und begabte Feierabendschnitzer Gustav Rössel (1877–1943), ein solidaritätsbewußter Fabrikarbeiter, zuhause war, zunächst einen sog. „orientalischen" Weihnachtsberg geschaffen. Durch die Initiative Rössels erfuhr dieser „Berg" nach dem Ersten Weltkrieg eine durchgreifende Umstrukturierung: das christliche Heilsgeschehen wurde in die Neustädteler Bergbauwelt versetzt. Rössel schuf bald auch entsprechende Einzelkrippen. So entstanden Christgeburtdarstellungen in einem Zechenhaus, in einer Bergschmiede oder in einem Pferdegöpel auf steiler Grubenhalde: Maria trägt das Gewand einer Bergmannsfrau, und die „drei Weisen" nahen sich verehrungsvoll in der Gestalt von Obersteigern mit Erzstufen als Geschenk. Krippenschnitzer und -bauer gab bzw. gibt es im Erzgebirge an vielen Stellen, in Annaberg, Bermsgrün, Burkertsdorf, Lauter, Lößnitz, Mauersberg, Oberwiesenthal, Pobershau, Schneeberg, Seiffen, Thierfeld, Thum, Zwönitz und anderwärts.

In zahlreichen erzgebirgischen Stuben stehen Jahr für Jahr familiengebundene, den Platzverhältnissen angepaßt, kleine-

Bergmannskrippe im Pferdegöpel von Gustav Rössel (1877–1943). Sie befindet sich im Stadt- und Bergbaumuseum Freiberg

„Christgeburt im Huthaus" von Gustav Rössel

Gustav Rössel beim Schnitzen in seiner Werkstatt

Weihnachtsberg, mit einer bunten Figurenfülle, alljährlich zur Weihnachtszeit in Hause Heilfurth errichtet

Ausschnitt aus dem Seiffener Weihnachtsberg von Max Schanz: Mettenbesucher mit ihren Laternen auf dem Weg zum Mettengottesdienst in der charakteristischen Kirche von Seiffen

re und größere Weihnachtsberge oder -krippen. Wenn das Fest naht, dann geht es eifrig an die Arbeit. Die sorgsam aufbewahrten Figuren werden ausgepackt, hergerichtet und ergänzt, das notwendige Moos, Wurzelwerk und Gestein rechtzeitig, ehe der Schnee fällt, aus dem Wald geholt und vor dem Heiligen Abend je nach Geschick und Freude am Gestalten zu einem Ganzen „komponiert", so daß alles, wenn die Christnacht hereinbricht, in „altem neuem Glanz" erstrahlt. Verbunden mit dem „Berg" sind ab und zu auch „Paradiesgärten" mit allerlei zahmem und wildem Getier friedlich beieinander, wo „der Löwe mit dem Lamm spielt". Neuerdings haben Weihnachtskrippen auch in evangelischen Kirchen ihren Platz gefunden. Durch die Formenfülle, Erfindungsfreude und funktionale Lebendigeit der „Weihnachtsberge" in allen Varianten ist das Erzgebirge zu einer protestantischen Krippenlandschaft geworden, die nicht ihresgleichen hat.

X

In dem bunten Figurenwerk, das zur Weihnachtszeit die erzgebirgischen Stuben verzaubert, steht allen voran das originelle gedrechselte Lichtträgerpaar Engel und Bergmann, das gleichsam Himmel und Erde verbindet in einer den ganzen Festkreis beherrschenden Symbolform, die sich nirgendwo so wiederfindet. Zusammen erscheinen die beiden Gestalten zum ersten Mal auf dem eindrucksvollen Tafelgemälde einer erzgebirgischen Bergbaulandschaft von Hans Hesse um 1520 an dem Knappschaftsaltar der großen Stadt- und Bergkirche von Annaberg, im Rahmen einer berg-

Lichttragender Bergmann und Engel, beide mit Flügelrad, Drechselarbeit

männischen Fundlegende um den Propheten Daniel. Der Engel schwebt heran, um die Stelle zu zeigen, wo Erz zu finden ist, und der Bergknappe beginnt mit der Arbeit.

In der weihnachtlichen Volkskunst ist dann der Engel als gedrechselte Figur, aus einer Holzwalze herausgearbeitet, gängig geworden; in dieser Typisierung ist er seit dem frühen 19. Jahrhundert lebendig und beliebt geblieben, abgewandelt durch Stilisierungen der Grundform im jeweiligen Zeitgeschmack, wie auch sein bergmännischer Partner, der auf die gleiche Weise hergestellt wird. Denn durchweg treten Engel und Bergmann als Paar auf, in einer Konstellation, in der von der „himmlischen Erscheinung" nur die Flügel übriggeblieben sind. Vor allem durch die aufgemalte Schürze ist sie zu einer „irdischen Jungfrau" geworden, „hochhüftig und langröckig", wie sie am einfachsten aus der Dockenform gestaltet werden kann. Die Koppelung von

Engel und Bergmann, die Assimilierung von himmlischem und irdischem Partner in der äußeren Gestaltung führte zu einem weiteren Element der „Verweltlichung“: die Engelkrone wird durch den grünen zylindrischen Schachthut des Bergmanns ersetzt, eine Formgebung, die zugleich auch den Herstellungsprozeß vereinfacht. Aber im Weihnachtsbrauch greifen religiöse und profane Komponenten an sich so sehr ineinander, daß durch derartige Entwicklungen keinerlei Bruch entsteht: die Engelfigur hat trotz ihrer „irdischen“ Attribute noch immer nicht den transzendenten Schein verloren, und in seinem Glanz steht auf der anderen Seite auch die Arbeitergestalt des Bergmanns.

Ähnliche Vorgänge der „Entsakralisierung“ beim Weg aus der Kirche ins häusliche Weihnachtsbrauchtum lassen sich auch an anderen Beispielen beobachten: so wird aus der großen Altarkerze das „Heiligohmdlicht“ daheim, das die ganze Festzeit über brennt. Auch die Verwendung des Weihrauchs, der im Kult der katholischen Kirche verankert ist, erhielt auf dem Weg der Beheimatung im familiären Bereich seine Funktion – wann und wie, ist im einzelnen nicht auszumachen, schwerlich auch, ob dahinter Aberglauben wirksam gewesen ist, denn der Weihrauch war ein gängiges apotropäisches. d.h. Unheil abwendendes Mittel, aber zugleich gehört er mit Gold und Myrrhen zu den Geschenken der „drei Weisen aus dem Morgenlande“ an das Kind in der Krippe. Jedenfalls sorgt der wohlige Duft der in Brand gesetzten „Räucherkerzeln“ dafür, daß es in den Stuben „nach Weihnachten riecht“, wie es in dem „Heiligabendlied“ der Erzgebirger heißt. Dafür hat die erfinderische Volkskunst des homo ludens

Wilhelm Friedrich Füchtner (1844–1923), der im Seiffener Winkel den gedrechselten Nußknackerkönig schuf, ein noch immer populäres Modell. Sein Urenkel Werner Füchtner stellt bis heute in Seiffen Nußknacker her.

die gedrechselten „Räuchermännel“ geschaffen, in deren hohlen Leibern die entzündeten Kerzchen – wie in einem Weihrauchkessel – glimmen, so daß aus den offenen Mündern, in denen jeweils eine Pfeife steckt, die wohlduftenden Rauchschwaden aufsteigen. Die beliebten Weihnachtsfiguren zeigen in einer breiten Skala von verschiedenen Formen die Verspieltheit des Brauches. An erster Stelle stehen „Türken“ und „Rastelbinder“. Hier wird wiederum die Freude am Import aus dem Süden erkennbar. Die Gestalt des Türken im langen goldverbrämten roten Mantel mit weißem Turban auf dem Kopf ist offensichtlich unter dem Einflußtrend aus Österreich in der erzgebirgischen Volkskunst heimisch geworden. Auch um den Rastelbinder weht der Hauch des „Fremden“ aus südlichem Gelände, nämlich der wandernden Händler, die früher regelmäßig aus der Slowakei mit Draht-, Blech- und Topfwaren hausierend ins Erzgebirge kamen und zugleich als geschickte Kesselflicker bekannt waren. Altes Zentrum für die Räucherkerzelherstellung im Erzgebirge ist Crottendorf.

Eine andere gedrechselte Figurengruppe, die ebenfalls eine praktische Funktion hat, sind die bunt uniformierten „Nußknacker“, bei deren Formgebung im Laufe des 19. Jahrhunderts literarische Einflüsse mitgewirkt haben. Sie sind vor allem aus der seit Generationen schöpferisch tätigen Drechslerfamilie Füchtner im Seiffener Winkel hervorgegangen. Das heute populärste Modell, den „Nußknackerkönig“, schuf Wilhelm Friedrich Füchtner (1844–1923). Gegenwärtig entstehen jährlich Tausende dieser farbenfrohen grimmig-gutmütigen Gestalten und bevölkern nicht nur die erzgebirgischen Weihnachtsstuben, sondern gehen, zusammen mit der anderen Figurenfülle, in alle Welt. Sie überragen durch ihre imposante Erscheinung in wechselnder Typisierung das formenreiche „Kleinvolk“ der Räuchermänner, die durch ihr Schmauchen zur stimmungsvollen Gemütlichkeit beitragen. Im Unterschied zu den „Respektspersonen“ der Nußknacker sind es neuerdings vor allem aus dem alltäglichen Leben stammende Nachbildungen wie der Großvater auf der Ofenbank, der Pilzsammler, der Nachtwächter, der Schornsteinfeger und viele andere – der Phantasie sind hier keine Grenzen gesetzt.

Zwei Seiffener Nußknacker aus heutiger Produktion – König und Förster, wie fast alle Nußknakker Vertreter der Obrigkeit, denen man „Nüsse zu knacken“ gibt.

Räuchermännchen auf der „Ufnbank“, dem gemütlichen Platz in der Erzgebirgsstube

Geschnitzter Bergmannsleuchter, aus jüngerer Zeit, Westerzgebirge

Im Westerzgebirge ist innerhalb des vielförmigen und -farbigen Figurengewimmels der geschnitzte Steiger in schmukker Tracht, auf einem Holzsockel stehend, eine Gestalt von ernster Würde. Er hält eine große brennende Kerze in der Hand – wer denkt da nicht an das alte bergmännische Lieblingslied aus dem Erzgebirge „Glückauf, der Steiger kommt, und er hat sein helles Licht bei der Nacht schon angezünd't“. Auch in meinem Elternhaus war er die Hauptfigur, und in vielen Stuben ersetzte er das „Heiligohmdlicht“.

XI

Ein Glanzstück der weihnachtlichen Leuchterformen des Erzgebirges ist aber die Drehpyramide, eine erzgebirgische Erfindung von weiter Ausstrahlung. Anregungen für ihre Konstruktion boten die von Pferden angetriebenen Göpelwerke, große, kunstvoll aus Holz gefertigte Schachtförderanlagen im bergbaulichen Produktionsgefüge. Deren kreisende Bewegung setzten geschickte Bergleute in Bastelwerke für das Weihnachtsfest um: an einer senkrechten Mittelachse werden eine oder mehrere in

Pferdegöpelwerk aus Georg Agricolas Buch „Vom Berg- und Hüttenwesen“ (1556)

Stockwerken sich verjüngende Holzscheiben befestigt, den oberen Abschluß bildet ein waagerechtes Flügelrad, das durch die aufsteigende Wärme der aufgesteckten Lichter in Bewegung gesetzt wird und so die Scheiben zum Drehen bringt – sein lautlos kreisendes Schattenspiel hat in die erzgebirgischen Weihnachtsstuben einen geheimnisvollen Zauber gebracht. Die umlaufenden Scheiben sind mit allerlei Figuren bestückt, darunter wieder Bergleute und Engel, die Gestalten der Christgeburt oder Typen aus dem Alltagsleben.

Die mit großen bastlerischen Fähigkeiten hergestellten „Laufleuchter", wie sie auch genannt werden, haben seit dem Ausgang des 18. Jahrhunderts, als die hochragenden Kegeldächer der Pferdegöpel in den Revieren der erzgebirgischen Bergbaulandschaft noch eindrucksvoll das Erscheinungsbild bestimmten, einfache, mit Öllämpchen behängte und geschmückte Gestelle aus vier pyramidenförmig angeordneten Stäben allmählich ersetzt. Solche „Weihnachtsgestelle", ehedem weit verbreitet, führten bereits die Bezeichnung „Pyramiden". Ein früher bemerkenswerter

Marktpyramide am Rathaus von Ehrenfriedersdorf zur Weihnachtszeit

literarischer Beleg dafür, wohl der älteste bisher bekannte, findet sich in einer erzgebirgischen Chronik, die 1716 gedruckt ist: sie weist darauf hin, daß zum Christfest „die eitele und allerley Illumination liebende Jugend . . . Pyramiden von lauter Lichtern" aufgebaut habe. Noch um 1850 hat man im Erzgebirge deutlich zwischen den beiden Typen Gestell und Göpel unterschieden. Inzwischen hat sich die bewegliche Form ganz durchgesetzt. Das Fremdwort Pyramide ist in der erzgebirgischen Mundart als „Peramett", auch in weiteren Abwandlungen, heimisch geworden.

Die ungehinderte Inganghaltung des Flügelrades der Pyramide verlangt eine ausreichende Konzentration brennender Lichter. Je größer der Lichtkegel – heißt es in einer Bauanweisung – desto besser

Pferdegöpel bei Johanngeorgenstadt

Weihnachtspyramide, Ende des 19. Jahrhunderts, im Spielzeugmuseum Seiffen, mit 7 Stockwerken und einer Höhe von 2,50 m

der Lauf einer Pyramide. Jedenfalls feiert von früh an das Licht in den Erzgebirgsstuben zur Weihnachtszeit wahre Triumphe, obwohl gerade die Bergleute sonst der Kosten wegen mit ihrem Geleucht, das für sie in der steten Dunkelheit ihrer Arbeitswelt unentbehrlich war, äußerst sparsam umgingen. Zum Christfest dagegen konnten sie sich nicht genug tun mit dem „anheimelnden Lichteln und Zündeln“, wie sie es von alters her zur hohen Zeit des Jahres gewohnt waren. Und bis heute ist diese Freude am weihnachtlichen Illuminieren lebendig geblieben.

Der Grundtypus der erzgebirgischen Drehpyramide ist in einer breiten Skala von Möglichkeiten, darunter auch Hängeleuchter in Pyramidenform, variiert worden. Neben ganz schlichten einstökkigen Pyramiden gibt es mit vielem Zierrat versehene komplizierte hohe Aufbauten. Auch in Stil und Ausstattung zeigen sie je nach Geschick und Geschmack große Verschiedenheit. Die Pyramide ist heute auch im Großformat als im Freien aufgestellte Gemeinschaftsarbeit, elektrisch beleuchtet und betrieben, zu einem öffentlichen Wahrzeichen des Weihnachtslandes Erzgebirge geworden.

Diese neugeschaffenen Formen lassen erkennen, in welchem Umfang die Überlieferungen weiter gepflegt und

Die großformatige Pyramide (Höhe 6,30 m) ist eine Seiffener Gemeinschaftsarbeit und befindet sich ebensfalls im Seiffener Spielzeugmuseum

entfaltet werden. Als in dem traditionsreichen Bergbauland unter den tiefgreifenden Auswirkungen der industriellen Revolution die alten Daseinsformen fortschreitender Gefährdung ausgesetzt waren, entstanden gegen Ausgang des 19. Jahrhunderts Bemühungen, das bergmännische Kulturerbe, auch in seiner weihnachtlichen Dimension, lebendig zu erhalten, namentlich von unten her, in den werktätigen Schichten als ein Stück alter Arbeiterkultur. Der produktive Aneignungsprozeß setzte sich von Generation zu Generation, über die zeitgeschichtlichen Zäsuren hinweg, fort, gerade auch wieder in der Gegenwart, wo die neubegründeten „Bergbrüderschaften" dafür sorgen, daß das Heimatbrauchtum in den nivellierenden Einebnungen nicht ausstirbt, sondern sich erneuert, nicht zuletzt auch was die bergmännische Weihnachtskultur im Erzgebirge anlangt.

Erzgebirgische „Hängepyramide", handgeschnitzt und mit Rübölbeleuchtung, aus dem 18. Jahrhundert (heute im Staatlichen Museum für Volkskunst in Dresden)

XII

Bei der großen Bedeutung der Weihnachtszeit im erzgebirgischen Festkalender ist es nicht verwunderlich, daß über die Bräuche, Erlebnisse, Ereignisse und

Drehbare Erzgebirgsspinne – eine Kombination aus Spinnenleuchter und Pyramide

Die Ortspyramide von Schwarzenberg wird jeweils zur Weihnachtszeit aufgestellt

„Pyramide für alle“ auf dem Schneeberger Marktplatz

Erinnerungen unzählige Geschichten und Gedichte, meist in Mundart, entstanden sind, häufig im Rückblick auf die Kindheit, „wie es einmal war“, und die „Weihnachtsbüchlein“ in verschiedenen Formen haben eine lange, bis heute reichende Tradition.
Insbesondere sind Sang und Klang in der weihnachtlichen Atmosphäre wie überall auch im Erzgebirge ein integrierendes Ferment. Schon von Beginn der Adventszeit bis ins neue Jahr hinein hallte seit der Blütezeit des Bergbaus allmorgendlich der weckende Weihnachtsruf „Auf! Auf!“ durch die stillen Nächte, wenn die Bergleute sich mit ihren Grubenlichtern zur Frühschicht begaben, die ehemals um 4 Uhr begann. Auf Traditionen der Knappen geht auch der bis heute lebendige eigenwillige Brauch zurück, daß zum Singgut der Weihnachtszeit ein fester Bestand an Bergmannsliedern gehört.
Mit der Reformation belebte sich die weihnachtliche Kirchenmusik im Erzgebirge mit Chorälen wie Luthers „Wochenlied zum Heiligen Christtag“, dessen mittlere Strophe lautet:

Das ewig Licht geht da herein,
Gibt der Welt ein' neuen Schein;
Es leucht' wohl mitten in der Nacht
Und uns des Lichtes Kinder macht.
Kyrieleis.

Diese Verse mögen die im Dunkel der Erde arbeitenden Bergleute wegen ihrer Lichtsymbolik besonders angesprochen haben. Im musikfreudigen und religiös bewegten Erzgebirge entstanden auch eigene geistliche Lieder. So dichtete und komponierte in der damals berühmten

Weihnachtliches Kurrendesingen in St. Wolfgang zu Schneeberg

volkreichen Silberbergbaustadt St. Joachimsthal auf der böhmischen Seite der Kantor Nikolaus Herman um 1550 für seine große Bergmannsgemeinde den Weihnachtschoral „Lobt Gott ihr Christen alle gleich", der bis heute seinen Platz in den Gesangbüchern behalten hat. In ihm wird das Geschehen im Stall zu Bethlehem gepriesen, und er mündet in den jubelnden Dank an Gott aus:

Heut schleußt er wieder auf die Tür
Zum schönen Paradeis,
Der Cherub steht nicht mehr dafür,
Gott sei Lob, Ehr und Preis.

Neben dem kirchlich gebundenen entstand volkstümliches Liedgut in großer Zahl, oft mit mundartlichen Texten. Das Erzgebirge besitzt eine vielstimmige Singtradition einfacher Formen, auch in Verbindung mit Weihnachten. Hier steht an erster Stelle das in der ganzen Region verbreitete und beliebte „Heiligohmdlied", das zum Kennzeichen der häuslichen und geselligen Weihnachtsfröhlichkeit geworden ist. Es gibt kein Land auf Erden, das ein so langes und lustiges Weihnachtslied sein eigen nennt, aus einfachen Vierzeilern in Mundart, mit Dutzenden von Strophen, zu denen Jahr für Jahr neue gekommen sind und

Gedrechselte Kurrende, eine weitverbreitete Figurengruppe

kommen, vom Mettenlicht, Bornkindel, Bleigießen, Weihrauchduft, Sauschlachten, vom Weihnachtsschmaus, dem „Neunerlei“, von Butterstollen und Kuchentellern, Leuchtern, Krippen und vielen, vielen andern Dingen, die das Fest verschönen. Diese Verse sind von Humor und Verspieltheit erfüllt, auch wenn zwischendrein einmal ein ernster Ton anklingt. In weihnachtlichen Runden, in denen sie angestimmt werden, entstehen immer wieder spontan neue Strophen, darunter manche von tiefergreifender Besinnlichkeit, und es steht zu hoffen, daß solche Verse weiterhin gesammelt werden, denn sie dokumentieren auf ihre Weise, daß Seele und Gemüt im technischen Zeitalter noch lebendig sind.

Jedenfalls handelt es sich um ein „echtes Volkslied“. Die frühesten Aufzeichnungen stammen aus der ersten Hälfte des 19. Jahrhunderts, und seitdem hat es sich laufend erweitert. Von 1896 sind z. B. Verse überliefert, die in diesem Scherzlied auch auf den religiösen Gehalt des Weihnachtsfestes hindeuten und die Freude an der Christgeburt in das häusliche Milieu übertragen:

Laas, Gottlieb, aus der Bibel vür,
Wie's Christkind wur geborn!
Ihr annern härt drauf mit Begier,
Doß kaa Wort gieht verlorn.

De Kripp und aa dr Lächter brennt,
Ihr Kinner, saht die Pracht!
Of aamol hot sich imgewendt
In hallen Tog de Nacht.

Ich freu mich net dos ganze Gahr
Su wie zur Weihnachtszeit.
De ganze heil'ge Engelschar
Besucht uns arme Leit.

Vor rund zwei Menschenaltern ist eine Strophe gängig geworden, die heute meist am Ende des Liedes gesungen wird, sie steht wie ein Motto über dem Weihnachtsland Erzgebirge:

Im Arzgebirg is wahrlich schü,
Wenn's draußen störmt un schneit,
Un wenn de Peramett sich dreht,
Is unn're schönnste Zeit!

(Literaturverzeichnis siehe am Schluß des Buches; zu Teilen beruht die Einleitung auf eigenen Erhebungen des Autors.)

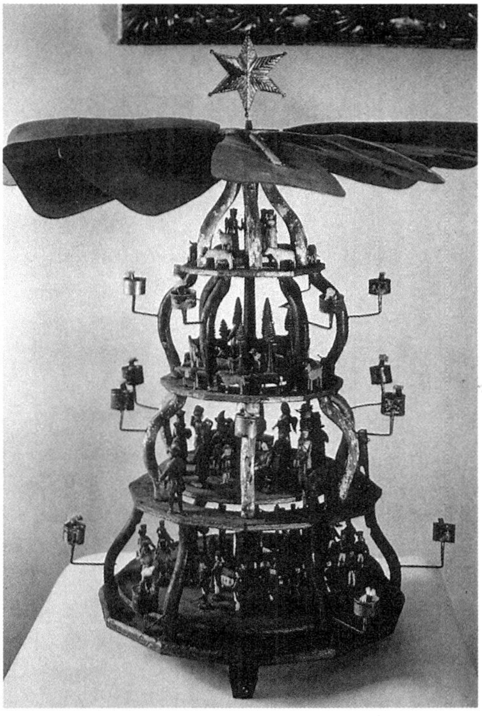

Alte Pyramide mit Rüböl-Beleuchtung, heute im Erzgebirgsmuseum Annaberg-Buchholz (sogenannte Lentzsche Pyramide von 1780)

De Christgeburt, wie se in der Schrift stieht

In erzgebirgischer Mundart erzählt von Max Wenzel

Salten hoot sich's zugetrogn, wie's geschriebn stieht, doß der Kaiser Augustus e Verordning 'rausgabn tat, doß sich alle Leut zehln lossen sollten. 's war 's erschtemol, doß dos passieret, un war üm die Zeit 'rüm, wu e gewisser Cyrenius als Amtshauptmaa in Heiling Land wuhne tat. Do mußt nu e jeder sich in sen Ort machen, wu'r harstamme tat, un sich eischreibn lossen. Dos betrof aah en gewissen Gosef, dar in Nazareth wuhnet. Sei Ort, wu'r hiegehöret, hieß Bethlehem, un – wenn's racht is – sollt dar Gosef sugar von König David harstamme. Aa sei Fraa, de Maria, mußt miet; die war bal su weit, doß se Mutter warn sollt.

Un wie se nu in Bethlehem warn, do krieget de Maria en klen Gung. Se hoot ne in Windeln eigebunden un in ener Pfarkripp neigetaa, wuraus mer ersahe kaa, doß die arme Leut in en Stall wuhne mußten. Nu warn oder in darsalbn Nacht de Schofherten ofn Fald draußen un taten de Schof hüten. Of aamol wur der ganze Himmel hall wie de liebe Sonn, un e Engel von liebn Gott stand dorten. Die Mannsen hot's geleich hiegehaa, esu warn se derschrocken. Oder dar Engel saht: „Tut euch net ferchten, dä ich will euch e Neuigkät drzehln, die euch gefalln werd! Heut is euch der liebe Heiland geburn wurn, drinne in Stadtel! Christus haaßt'r mit sen Name. Un wenn ihr ne sahe wollt: sei Mutter hoot ne in Windeln 'neigebunden, un er liegt in ener Kripp!" Un kaum hatt'r dos gesaht, do war der ganze Himmel voller Engel, un die finge aa ze singe, wie när de Engeln singe könne: „Ehr' sei Gott in der Höh! Fried of der Ard! Un ne Menschen e Wuhlgefalln!" Un wie dar Gesang vrbei war, warn aah die Engeln wieder wag. Die Herten standen do wie mit der Mütz derpocht. Wie se oder wieder zu sich kame, schrien se: „Nu wolln mer uns oder geleich 'nei ofs Stadtel machen un die Geschicht besah, die uns dar Engel derzehlt hoot!" Un esu schnell, wie's ging, perzetn se 'nei un fanden aah alles esu, wie's dar Engel gesaht hatt': de heilige Marie, ne Gosef un in der Kripp 's liebe Bornkinnel.

Un wie se's nu gesah hatten, drzehlten se überall rüm in ganzen Land, wos ihne von dan klen Kindel bewußt war. Un alle Leut konnten sich net soot drüber wunern. De Mutter Maria oder market sich de ganzen Reden, un ihr Harz wur'r esu wuhl un esu weh drbei. Un die Herten macheten sich wieder 'naus zu ihrn Schofen un danketn ne lieben Gott, doß sie gerod 's liebe Bornkinnel zeerscht hatten sahe derfen.

Weihnachtskrippe in einem Erzgebirgshaus. Zeichnung von Alfred Hoffmann-Stollberg

Weihnachtslied

Loßt ons wieder Weihnachten feiern
wie ze onnrer Kinnerzeit.
Wolln mer wieder es Krippel aufbaue,
legt e Mol alles of der Seit!
Manichs Schaafel is zerbrochen,
manichs Hirtel is entzwaa.
Wolln mer en Hirtel enn Arm naschnitzen
on en Schaafel Ohr on Baa!

's is aah manichs zammzeleime
wu mog denn der Engel sei?
Ochs on Esel müß mer astreichn,
on in Stall faahlt's Christkind nei.
Übern Stall der Stern muß glänzen.
Ehre sei Gott in der Höh,
söll der Engel dort ubn verkünden!
Loßt När draußen Watter on Schnee!

Auszüge aus einem Weihnachtslied von Anton Günther

Im Winterwald – Scherenschnitt von Gudrun Beier

Das Christkind bei den Bergleuten

Eine Weihnachtslegende von Kurt Arnold Findeisen

Als Joseph und Maria mit dem Kinde und dem Esel vor Herodes fliehen mußten, kamen sie auch ins Erzgebirge.
Das war damals noch eine arg wüste Gegend; viel Wald, wenig Menschen, keine Krume Ackerland. Nur hier und da saßen auf Hügeln kleine braune, spitze Türme wie Räucherkerzchen. Das waren die Kauen- und Zechenhäuser, unter denen, Maulwürfen gleich, Berghäuer in den Bauch der Erde krochen und mit Schlägel und Eisen nach gediegenem Silber wühlten.

Zu der Stunde, da die Flüchtigen gezogen kamen, war auch von den Kauen nicht viel zu sehen, oder sie hockten wie grämliche Salzhäufchen; denn es war alles tief verschneit. Das Eselein schnaufte grob und Joseph machte Stapfen wie ein Tanzbär. Er brummte. Nur Maria saß mild in ihrem blauen Tuche und blickte lächelnd auf ihr Kind. Das schlief.
Ein Tag, der gar kein richtiger Tag gewesen war, ging zur Neige. Es fielen Flokken, und der Himmel bog sich vor Schnee.

Lichtengel aus dem Kalender für das Erzgebirge und Vogtland 1905

Bald aber hing am Himmel nur noch schwarze Finsternis, und wenn der Schnee nicht ein wenig geblendet hätte, hätten sie nicht die Hand vor den Augen sehen können.
Joseph brummte nicht mehr, er schimpfte: Was das hier für eine mordsmäßige Beleuchtung wäre, und überhaupt, was für eine trostlose Gegend! Maria mußte ihm gut zureden, damit das Kind nicht aufwecke.
So mühten sie sich weiter Schritt für Schritt. Stunden vergingen. Sie kamen an kein Haus und an keinen Feuerschein.
Die Finsternis war jetzt so dick, daß sie vor ihr die Augen schlossen. Ja, wenn sie ihre helle Laterne gehabt häten! Der aber war schon in der Nacht vorher das Öl ausgegangen. Es war eine traurige Wallfahrt!
Plötzlich machte der Esel einen Satz, fiel in die Knie und Mutter und Kind lagen im Schnee. Joseph aber stand und schimpfte wie ein alter Bürstenbinder.
Natürlich wurde davon das Büblein wach. Als es die Augen aufschlug und nichts als Dunkelheit und Kälte spürte, dazu Flocken, die ihm spitz gegen die Wangen tippten, fing es zu weinen an. Es weinte und wollte sich nicht trösten lassen. Es zitterte vor Furcht und Schreck. Und das Weinen schnitt durch die seelenlose Welt wie eine Sichel des Todes.

Auch der Mutter quollen die Tränen. Joseph fuhrwerkte eine Weile mit dem Grautier herum, das keine Miene machte, aufzustehen. Am Ende war er ganz heiser vom Schreien. Er zupfte sich am Bart und greinte vor Zorn.
Nachher duckten sich die drei, ein Häuflein Elend, im rieselnden Eis zusammen, und Nacht und Kälte und Dunkel deckte sie zu.
Auf einmal war es, als wenn in der Ferne ein Sternchen aufglühte, ein Sternchen, das ein wenig hüpfte und tanzte. Näher und näher kam das springende Sternchen, wahrlich, es kam auf sie zu. Und als es dicht bei ihnen war, siehe, da war es ein Bergmann, der seine Grubenblende vorn am Gürtel trug. Und mehr und mehr solche Sternchen kamen zu Hauf, Laterne an Laterne: Bergknappen und Häuer, die in der ersten Morgenstunde zur Schicht gingen!
Da versiegten den Eltern die Tränen. Da jauchzte das Kind auf und patschte mit den Händen nach dem guten Licht. Da schob sich der Esel empor und schnupperte. Die bärtigen Knappen aber starrten mit offenen Mündern auf die drei seltenen Gäste der Nacht: Ei, was für ein beschneiter Zottelbart! Ei, was für ein verfrorenes Mütterchen! Ei, was für ein glitzerndes Kind!
Sie nickten einander zu, nahmen die Fremden bei der Hand und leiteten sie fürsichtig gegen ihr Zechenhaus. Auch das Grautier blieb nicht zurück.
Holla, was warfen ihre Blenden für wunderliches Geleucht in den Schnee! Das Kindlein zappelte, zwitscherte, girrte im Mutterarm. Und ein Lachen schwirrte durch die frostige Nacht wie das Singen einer Frühlingslerche. –
Jahre nachher haben die Knappen noch das Lachen aus süßem Kindermund ge-

hört. Nachher wußten sie auch, wer die Frau und der Mann und wer das Kind gewesen.
Sie lebten von der Erinnerung und wurden warm und fromm dabei. Sie badeten sich in dem Widerschein des Kindes, je älter sie wurden, und gaben an ihre Enkel die Botschaft des Glanzes weiter. Sie schnitzelten mit ihren Grubenmessern das Englein aus Holz, damit's nie vergessen möchte, und stellten es im heiligen Advent auf. Und weil es ihre Blenden gewesen waren, denen das süße Gelächter entgegenjauchzte, schnitzten sie auch Bergleute dazu, gaben ihnen Lichter in die Hände und stellten sie daneben.

Lichterbergmann aus dem Kalender für das Erzgebirge und Vogtland 1905

So stehen heute noch Bergleute und Engel aus Holz, Kerzen tragend, in jedem Hause des Gebirges zur Weihnachtszeit. Und wer tief in sich geht, der kann ein Kind durch das Flämmchenflackern hindurch silbern lachen hören.

Ausschnitt aus einer Bergparade. Fahnenaufschrift: Bergknappschaft Marienberg Glück Auf; Rückseite: d. 4. Sep. 1504. Die Figuren stammen vermutlich von einer verschollenen Pyramide. Sie kommen aus Familienbesitz und wurden wahrscheinlich vor 1850 geschaffen.

Eine lustige Schlittenfahrt

Ich lasse es mir nicht nehmen: In meiner Kindheit waren die erzgebirgischen Winter länger, strenger und vor allem schneereicher als später. Es mag aber auch sein, daß die Schneewehen von damals in der Erinnerung höher werden, je weiter wir zeitlich von der Vergangenheit abrücken. Zu den unvergeßlichen Erlebnissen meiner Schulzeit (1888–96) gehörten die sich in schneereichen Jahren wiederholenden Sammelfahrten im Kastenschlitten bis zur Schule. Sie lag und liegt noch heute in der Mitte des langgestreckten Dorfes, knapp 2 km entfernt vom oberen und unteren Ende. Wir wohnten im Oberdorf, mein Freund Max noch einige Häuser weiter oben in einem Bauerngut. Mit ihm erledigte ich oft die Schularbeiten, wenn ich Milch holte. Er hatte noch einen älteren Bruder Emil. Im Stall standen zwei Pferde, die Emil fütterte und pflegte. Sie kratzten im Winter oft ungeduldig im Stall mit den Hufeisen auf dem Pflaster, weil sie nichts zu tun hatten und ins Freie wollten. Der Bauer war ein guter Mann und erriet und erfüllte oft auch unsere Wünsche, so auch heute, als wir die Hausaufgaben erledigt hatten. Er fragte: „Soll euch morgen früh, wenn es so weiterschneit wie jetzt, Emil wieder zur Schule fahren wie im vorigen Jahr?“ Nichts wünschten wir sehnlicher als das. Und Petrus hatte Einsehen. Früh lag der Schnee etwa 70 cm hoch. Gegen halb acht Uhr war noch kein Mensch auf der Straße. Nur ich stapfte mit meinen neuen Weihnachtsstulpenstiefeln, deren Schäfte wie Speckschwarten glänzten, einer Bummelmütze auf dem Kopf, dem Ranzen auf dem Rücken, zwei Fäustlingen an den Händen hinauf zum Bauerngut durch den tiefen Schnee. Das Schuppentor war schon geöffnet. Emil zog bereits den eingeschirrten „Hans“ aus dem Stall und spannte ihn an den Kastenschlitten. Der Bauer stand unter der Haustür und rief uns zu: „Ihr Buben, holt einen dicken

Pferdeschlitten im Spielzeugdorf Seiffen im Winter

Büschel Haferstroh aus der Scheune und werft ihn in den Schlitten." Nichts geschah rascher als das. Der ausgeruhte, feurige Hans zerrte und rafelte den Kastenschlitten aus dem Schuppen in den Schnee des Hofes, wo die eisenbeschlagenen Kufen eine braune Rostspur hinterließen. Der Bauer reichte Emil für seinen Hans einen schmucken Halsgurt mit dem Schellengeläut zu. Mit Peitschenknall und lustigem Geklingel rutschte unser Schlitten – wir beiden in sein Stroh eingehuschelt – den kleinen Hang hinab zur Dorfstraße. Im Halbdunkel waren nur wenige Fußspuren im Schnee zu sehen, darunter auch meine. Hans hätte uns wohl mit seinem aufgeregten Temperament am liebsten im Galopp zur Schule gebracht. Aber, wie am Tag vorher bereits bekannt geworden, warteten am Weg noch andere Schulkameraden auf die angekündigte Schlittenpartie. Sie schwangen sich bei etwas verlangsamter Fahrt von der Kufe über die Bordwand ins Haferstroh. Schwieriger war der Einstieg der turnerisch wenig geübten Mädel. Ihretwegen mußten Emil und Hans halten, bis sie ihre langen Kleider – Miniröcke gab es damals noch nicht – und ihre Ranzen in Ordnung hatten. Mit einem plötzlichen Ruck – wahrscheinlich von Emil beabsichtigt – zog Hans an, und die gesamte Belegschaft bis auf wenige ganz Schlaue lag durcheinander im und auf dem Haferstroh. Das gab das von uns Buben erwartete Gequiecke und Gelächter, den Höhepunkt der Schlittenfahrt. Hart war niemand gefallen, denn der Schlitten war dicht besetzt. Von der Apotheke ab hielt er bis zur Schule nicht mehr. Gewandte Buben sprangen bei flotter Fahrt noch auf die Kufen und hielten sich an der Bordwand fest. Sie klebten am Kasten wie später in den Notzeiten die Menschen der Großstadt an einer Straßenbahn. Mit Peitschenknall und Schellengeläut fuhren wir am Schulberg vor, schüttelten die Strohreste von den Kleidern und schauten überlegen und stolz auf die anstapfenden Fußgänger aus dem Unterdorf, die unser Glück nicht ohne ein bissel Neid nachfühlen konnten und spöttelten: „Wir kommen morgen in einem Rennschlitten mit zwei Pferden vorgefahren." Emil lenkte um. Wir winkten ihm unseren Dank nach und riefen: „Morgen wieder so!" Wenn auch nicht am nächsten Tag, so wiederholte sich der Spaß in acht Schuljahren öfter.

Ob dann am Vormittag unsere Gedanken während des Unterrichts aufmerksam beim Rechnen und Lesen oder noch bei der erlebten Schlittenfahrt waren, weiß ich nicht mehr.

Um 12 Uhr erwartete uns ein neues Wintererlebnis vor dem Schulhof. Gerade jetzt zog ein mit sechs Pferden bespannter Schneepflug langsam die Straße aufwärts. Vielleicht hatte er auf die Oberdorfer Buben und Mädel als Ballast gewartet. In wenigen Augenblicken standen sie auf Pfosten oder saßen auf den Seitenwänden des hölzernen Dreiecks. Durch unser Gewicht bekam der Schneepflug den erwünschten Tiefgang und schob den Schnee auf die beiden Seiten der Straße, in der Mitte eine breite, glatte Fahrbahn hinterlassend. Wir kamen nur langsam vorwärts, hatten ja auch Zeit. Auf Autos und Motorräder brauchte der Schneepflug nicht Rücksicht zu nehmen, die gab es noch nicht. Glücklich waren die Kinder, die dem oberen Dorfende am nächsten wohnten und die Fahrt am längsten auskosten konnten.

M. L.

Spielzeug: Pferdegespann mit Holztransport auf Schlittenkufen

Ruscheln

Hermann Reuther

Dr Winter hot sich eigestellt,
viel Schnee von Himmel runnerfällt.
De Kinner sei ganz aus'n Haus.
Se machen mit de Schlieten naus.
Se lachen, singe üm dr Wett,
wie wenn's de Walt bedeiten tät:
„'s schneit, 's schneit, 's schneit su schie,
nu kenn mr feste rutscheln gieh".

Nu zieh'n se mit de Schlieten lus.
De Krabben sei noch gar net gruß.
Mit viel Geschnatter un Geschraa
do machen se 'n Bargel naa
un gieht's nooch wieder dingenei,
do stimme allezamm laut ei:
„'s schneit, 's schneit, 's schneit su schie,
nu kenn mr feste ruscheln gieh".

Ganz müd un hungrig gieht's ehaam.
Bal werd's ewos ze Assen gabn.
Sei Schuh un Klaading aah ganz naß,
drfür macht's Ruscheln machtign Spaß.
Aah drin de Fadern gibt's kaa Ruh,
sugar im Schlof klingt's immerzu:
„'schneit, 's schneit, 's schneit su schie,
mr kenne wieder ruscheln gieh".

Holzgedrechselte Bäume, wie sie im Waldkirchner Musterbuch von 1850 angeboten werden. Im Erzgebirge wurden die verschiedensten Formen für Holzbäumchen entwickelt, insbesondere für die Gestaltung von Weihnachtsbergen

Adventsliedel

Max Wenzel

Nu sei mer wieder mol su weit,
es Gahr gieht still ze End;
es kimmt de liebe Weihnachtszeit,
mer stiehe in Advent.
Mei Harz dos is schie eigestimmt,
bluß gibts noch viel ze tu;
dä bis der heil'ge Ohmd kimmt,
do kriegt mer halt ka Ruh.

Nu möchten mer aa backen gieh,
Fraa, kaf es Backzeug ei!
Daß Hefenstöckel gieht racht schie
tu fei ze viel net nei!
Back lieber e paar Maßle mehr,
dä Butterstolln is gut!
und hott mer Stolln, da spart mer när
an lieben tägling Brut.

Na, Kinner, sogt mer, wos'r wollt,
de Weihnachtszeit is schie!
Un wer dos noch net wissen sollt,
mog ins Geberg nauf gieh!
Bei uns do kehrt's Bornkinnel ei,
drüm sing' mer allezam:
Weihnacht ka nergends schänner sei,
als wie be uns derham!

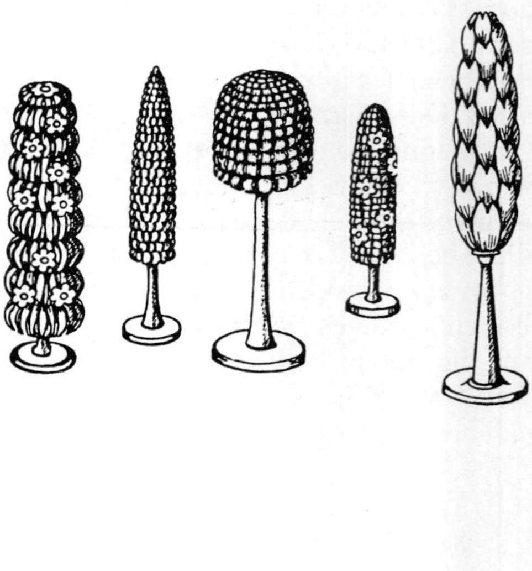

Schnitzerlied

Friedrich Emil Krauß

E Messer un e Brocken Holz, im Kopp schie wos ze saah,
e langer Obnd, e Tobakspfeif, do fliegn der fei d' Spaa.

Dos erschte wos ich schnitzen tat, warn Baamle un e Zwerg,
is heit noch su e Grumpelficht of unnern Weihnachtsbarg.

Wärn meine Bargleit mol zesamm, do blieb kaa Eckel laar,
wärn alle do vum Haspelgung bis zum „Herder" of senn Pfaar.

Ho manning Lechter zammgebugn mit Tülln un Dock un Droht,
of jeden Bugn e Mannel drauf, dos glänzt, stieht kerzengrod.

Of meiner grußen Peremett zieht's ganze Handwerk auf,
de Schoof, de Gagd, de Engelschar, ganz ubn sei Glöckle drauf.

Ich ho schu manche Kripp geschnitzt zer Weihnacht zen Beschern,
de scheenste hot mei Mutter kriegt, die hält se fei in Ehrn.

Mei ganze Haamit tut mei Barg ofs klaane wiedergaabn,
's kimmt alle Gahr noch wos derzu, 's is wie im richting Laabn.

Schnitzstube in Steinbach

Ein zweites Schnitzerlied

Friedrich Emil Krauß

1. Wenns ugefaahr üm achte ist,
do kummer alle zamm,
der Daniel, der Schmiedlobfritz,
der Alb, der klaane Schramm.
Waar net schnitzt, daar raacht,
waar net raacht, daar schnitzt,
ober 's muß fei drunner nei
aah weng gestrieten sei.

2. E jeder hot enn Brocken Holz,
e jeder schnitzt allaa,
e jeder brengt sei Warkzeig miet,
da könnt'r fei wos saah.
Waar net schnitzt . . .

3. Wenn's später of Weihnachten gieht,
do bau mer alle Barg,
do schnitz mer Reh un Viecherzeig
um schiene klaane Zwarg.
Waar net schnitzt . . .

Steiger und „Dracketer" (Bergmann in Arbeitskluft) als Lichterträger, handgeschnitzt

Schnitzstunde

Gerhard Heilfurth

Licht stehen die Stunden vor meiner Seele, da wir Buben der kleinen erzgebirgischen Bergstadt bald nach dem 1. Weltkrieg schnitzen gelernt haben. Wohl konnten wir schon vorher alle basteln und bauen und hämmern und leimen, wohl war uns Vaters Werkzeugkasten ein vertrautes Reich, und zum Leidwesen der Mutter fehlte in keiner Hosentasche das Schnappmesser, heimlich auf einem Jahrmarkt erstanden und, möglichst an einer Kette, als ein Zeichen männlicher Würde wie ein Heiligtum bewahrt.

Aber schnitzen? Das war etwas ganz anderes! Wohl war uns auch die Bearbeitung des Holzes im engeren Sinn nichts Neues. Nicht nur, daß wir den Waldarbeitern und Schneidemüllern, dem Tischler und dem Büttner in der Nachbarschaft gern zugeschaut hatten, wir wußten auch darum aus eigener Erfahrung vom Hackstock und Sägebock her, wenn wir mit dem Vater an glücklichen Nachmittagen das Brennholz herrichten durften.

Aber wie aus einem Stück Linde eine Gestalt zu zaubern sei, ohne daß es, wie das Fichtenscheit beim Spänemachen, splitternd sprang und spaltete, sondern der Führung des Messer fügsam gehorchte, davon hatten wir keine Ahnung. Was wir vorher konnten, mit Beil und Säge umgehen, mit dem Taschenmesser aus jungen Vogelbeerruten im Frühjahr wundervolle Hirtenpfeifen schneiden und klopfen, Pfeil und Bogen und, wenn die Herbststürme kamen, bunte Drachen herstellen, das kann jeder rechte Lausejunge und Feld-, Wald- und Wiesenläufer, aber schnitzen . . . Ach, war unser zehnjähriges Herz stolz, als das erste Männlein unter unserer Hand aus dem weichen, zähen, folgsamen Holz gediehen war.

Heute weiß ich, warum unsere Seligkeit damals so groß war: Weil in jenen Stunden uraltes erzgebirgisches Erbgut, erwachsen aus der Verbundenheit vieler Waldbauern- und Bergmannsgeschlechter mit dem Holz und aus der Geschicklichkeit, es zu bearbeiten, in Traum und Tat Erfüllung fand. Aber dazu kommt ein zweites. Das Schnitzen als Kunst, als unzweckhaft und schöngeistig gestaltendes Werk ist eingebettet in die unergründliche erzgebirgische Weihnachtssehnsucht, die Jahr um Jahr aus den einsamen Tälern wie eine Flamme zum Himmel aufsteigt, seitdem Menschen in unserem Gebirge wohnen. Darum gewinnt das Schnitzen erst seine volle Weihe, wenn der Heilige Abend naht.

Auch in jenem Jahre, das uns in die Anfangsgründe dieser Zauberwelt führte und uns mit den einschlägigen Praktiken und Techniken auf du und du stellte, wuchs unser Eifer gewaltig, als der Advent gekommen war. Draußen herrschte schneidende Kälte, und viel Schnee lag. Mit gleichem Ungestüm aber weihnachtete es in uns. Denn heuer sollte auf dem Christtisch ein selbstgeschnitzter Steiger stehen, nicht sehr groß, aber fein bunt, mit blanken Knöpfen und goldenen Tressen. Fertig war er noch nicht. Oh, es gab noch viel daran zu tun. Aber wir träumten von ihm und wußten genau: Am Heiligen Abend wird er leuchten!

Figurenmacher in seiner Wohn- und Arbeitsstube. Auf dem Stuhl gedrehter Ring, von dem die Tierfiguren abgeschnitten werden; vor dem Ofen fertig bemalte Figuren zum Trocknen

„Schneid eich fei net, Gunge, mit eiern scharfen Masser hot mer allemol orndliche Angst!" rief uns die Mutter eines Nachbarbuben besorgt nach – und sie wußte wohl warum, denn in der letzten Zeit liefen wir oft mit verbundenem Finger herum, meist der Zeigefinger der linken Hand, in dem der Schnitzer verteufelt fix saß –, als wir uns auf den Weg zur Schnitzstunde machten. Jeder von uns beiden trug unterm Arm geklemmt eine Zigarrenkiste, die das Messer – vorhin eben frisch geschliffen und abgezogen – und die werdende Figur barg.
Schon brach die Nacht herein. Aber uns focht der Winterabend weder äußerlich noch innerlich an. Das Ziel unserer Gedanken war eindeutig: Vielleicht würden wir heute unsere Bergmännlein fertig kriegen. „Klaa sei se ja!", sagte der Hans, mein Kamerad, aber dazu fügte er beschwichtigend: „Es sei doch aa de erschten." Ich nickte zustimmend: „Nächstes Gahr, do schnitz ich enn su gruß wie menn Vater seiner!" Dieser Steiger genoß bei uns mehr Ansehen als alle anderen, denn er war nahezu 40 Jahre alt und dennoch prächtig wie am ersten Tag. Er stammte von einem der großen Schnitzer der alten Zeit, dem Krüger-Tischer in Schneeberg.
In der Schnitzstube war schon reges Leben. An zwei Tafeln saßen auf Schemeln die Jungen. Drüben prasselte das Feuer im Ofen. In der Luft hing der Leimduft. Dazu zog ein Rüchlein vom Räucherkerzel auf, das einer angezündet hatte. Und über allem schwebte der köstliche Duft des Lindenholzes.
Inmitten der Runde waltete der Schnitzmeister seines Amtes, beratend und helfend, anregend und zu Ende führend. Streng hielt er darauf, daß wir nur je ein Messer zur Hand hatten und nicht allerlei Hilfswerkzeug, Stemm-, Hohl-, Spitzeisen und wie sie alle heißen. Er lehrte uns, und damit bekamen wir ein ganz unmittelbares Gefühl für den derben und unverfälschten Schnitt: „Erst müßt ihr den schlichten Schnitzer führen lernen, dann könnt ihr zu feineren Mitteln greifen." Ganz verpönt aber war alles Sandpapier, welches das Kantige und Eckige des Holzes in süßliche Weiche verwandelt. Wehe dem, der es benutzte! Ja, es war ein weiser Meister, der seine Kunst wohl verstand, mit großen, hellen Augen und geschickten Händen, tief verwurzelt dem erzgebirgischen Wesen und von seiner Aufgabe erfüllt.

Unaufhörlich flogen die Späne. Unsere Wangen glühten. Nicht nur von der Inbrunst, mit der wir über unserer Arbeit saßen, auch von der Hitze, die der Herd mit den Leimtöpfen spie. Schnitt um Schnitt gediehen unsere Männlein, wurden sie schlanker und förmiger. Und ob solchen versessenen Weihnachtsfleißes erstarb wohl in dem Jungenkreis alles lose Geschwätz, und ein frommes Schweigen ging um.

Doch erstarrte die Stille nicht, sie löste sich durch frischen Gesang. Mit seiner schönen, reinen Stimme begann der Meister:

Der Bergmann dringt ins dunkle Tief der Erde
und sprengt das wilde Felsgestein;
daß Edles nur zu Tag gefördert werde,
schlägt er mit Mut und Hoffnung ein.
Der Bergmann schließt der Berge Klüfte mutig auf,
der Bergmann folgt der Gänge wundervollem Lauf,
und hat er reich und edel Erz gefunden,
ertönt ein fröhliches Glückauf!

Munter fielen wir ein, und nun reihte sich Lied an Lied, in bunter Folge und Fülle, alle um die fleißigen Häuer und ihre Arbeit kreisend. Damals sind mir die Bergmannslieder erstmalig zum wirklichen Erlebnis geworden. Es nimmt nicht wunder: Gewann doch in jenen Stunden die bergmännische Welt durch uns zwiefach Gestalt: im Klang und im Holz.

Unmerklich wurden beim Singen und Schnitzen unsere unbändigen Bubenherzen ehrfürchtig und sehnsüchtig. Der Stern von Bethlehem erstrahlte in unendlicher Helle, und darein flackerten

Der Arnsfelder Männelmacher, ein Foto aus dem Jahre 1930. Figuren verschiedener Formen und Größe auf dem Tisch, Spinnenleuchterteil am Fenster

die unzähligen Grubenlichter, mit denen alljährlich die tausend erzgebirgischen Weihnachtssteiger in allen Stuben die Finsternis brechen. Verlor man sich in derlei überirdische Schau, dann kam es wohl vor, daß man die Schärfe des Messers vergaß und sich wiederfand mit einer blutenden Wunde, deren Tropfen das reine Lindenholz rot färbten, bis sie das Verbandszeug, immer griffbereit, stillte.

Nur zwei andere Lieder hatten bei uns noch Heimstatt, einmal das Heiligabendlied, zu dem wir Verse wußten, die in keinem Buch standen, etwa den:

In Kuchnteller ho ich aufgetärmt
su huch wie ne Peremit,
in Kaffee dan ho ich aagewärmt,
nu aßt när Stück for Stück!
Trala, tralala . . .

Zum anderen aber eines von Jägerei und Weidwerk, in dem das Wildschützentum Karl Stülpners nachhallte und das durch die Kraus-Basteln, jene seltsam dem Wald verwachsenen Bergmannssöhne, lebendig war:

Jetzund nehm ich meine Büchse,
ei und trag sie in den Wald,
und da schieß ich mir ein Hirschlein,
sei es jung oder sei es alt.

So verlief die Schnitzstunde in jener seligen Beschwingtheit, die die Tage vorm Christfest füllt . . .

Figur einer Klöpplerin, Drechselarbeit

Unsere Steigerlein aber leuchteten an dem Heiligen Abend dieses Jahres hellauf! Kann man größere Freude über ein fertiges Werk empfinden als wir über unsere bunten stattlichen Männlein an jenen Weihnachtstagen? Daß wir uns mit ihnen nicht nur das „Bornkinnel“, sondern auch ein Stück der erzgebirgischen Heimat erobert hatten, das haben wir erst viel, viel später erfahren.

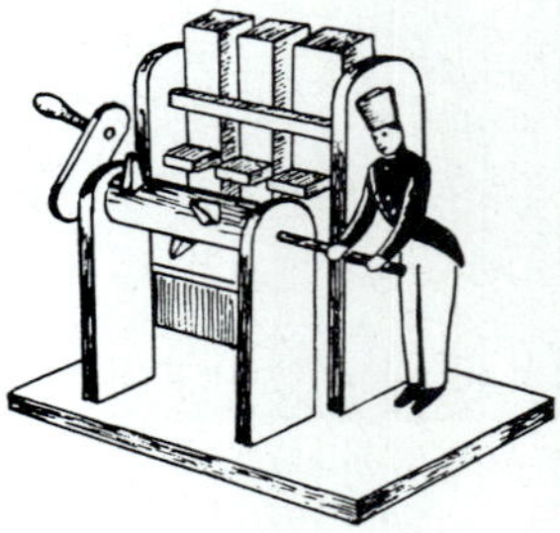

Bergmann am Pochwerk; Spielzeug aus dem Olbernhauer Musterbuch von 1877, ein Beispiel dafür, wie realistisch die erzgebirgischen Spielzeughersteller die bergmännische Arbeitswelt wiedergaben

Hutzenstube

Manfred Blechschmidt

Die Heimarbeit des Spitzenklöppelns brachte die erzgebirgische Hutzenstube hervor. Ihrem Ursprung nach ist sie eine Arbeitsstube, in der zwar jeder individuell produziert, doch dicht an dicht nebeneinander. Benachbarte Klöpplerinnen fanden sich zusammen, im Sommer zur „Klippelsteig" unterm schattenspendenden Birnbaum, hinter dem Wasserhäuschen oder auf der Hausbank, in der kalten Jahreszeit reihum in den Stuben. Die Klöpplerinnen banden eine frischgesteifte Schürze um, denn zum Klöppel geht man „neuwaschen". Auf dem angewinkelten Arm tragen sie das Klöppelgerät.

Zum Gerstenkaffee setzt die Gastgeberin gewöhnlich Gebackenes vor: Hefeklöße, Kartoffelkuchen oder „Rauche Mad", ein Kartoffelgebäck.

Das Hutzengehen erwuchs aus einem Zusammengehörigkeitssinn, der einer gleichen sozialen Stellung entsprang. Vielleicht kommt er auch von den Männern her, die im Bergbau alle Zeit nur gemeinsam arbeiteten. Gewiß aber hat auch die Mundart ihren Einfluß als kollektives Bindeglied. Das Hutzengehen hatte aber auch einen praktischen Nutzen: Man sparte dadurch an Heizung und Beleuchtung und machte sich gegenseitig Lust zur Arbeit. So werden nicht nur Neuigkeiten ausgetauscht, auch Geschichten erzählt, man erfindet Zählverschen oder kleine Lieder, nach deren Takt sich die Nadeln schneller vorwärts stecken lassen. Warum man im Erzgebirge mehr singt als anderswo? Hier ist die Ursache dafür!

Abends, nach getaner Schicht, erscheinen die Männer, um ihre Frauen oder Mädchen heimzubegleiten. Sie necken die Klöpplerinnen, erzählen ihnen schaurige Geschichten, vielleicht schnitzt auch der eine oder andere dabei. So ging es in diesen Stuben gewiß öfter recht lustig zu. Und doch war dieser Spaß nur eine Nebenerscheinung, wie auch die so oft gepriesene Zufriedenheit und das Geborgensein. Das Kernstück der Hutzenstube blieb die Arbeit.

Der Begriff des Hutzens ist noch lebendig. Aber mit der Veränderung der gesellschaftlichen Verhältnisse hat sich auch der Inhalt des Begriffs verändert. Da treffen sich die Hausgemeinschaften, dort die Bewohner eines Wohngebietes, und sie nennen ihre Zusammenkunft Hutzenabend, gewiß, um damit die vielen Gemeinsamkeiten, die sie durch gemeinsame Ziele haben, zu betonen, und da die Produktion außerhalb der Wohnstube, des Klubzimmers oder Festsaals liegt, zieht in sie vornehmlich Geselligkeit ein.

Erzgebirgischer Klöppelbrief aus dem Jahr 1927. Die Vorlage wurde in Originalgröße auf das Kopfkissen aufgelegt und danach das Muster gearbeitet

Heit is wieder Hutzenobnd

Friedrich Emil Krauß

Heit is wieder Hutzenobnd,
kumm mer alle zamm,
gieh ich schu üm fünfe rüm
vun dr Schichte ehaam.
Wenn de Pfeif raacht un de Klippeln springe,
wenn de gunge Maad e schiens Liedel singe,
do ka's nirgnd wu in dr Walt nei esu schie wie in Gebirg sei.

Heit do kimmt dr Edeward,
ebber aah dr Kar,
daar, wu die Geschichten waß
vun dan putzigen Pfaar.
Wenn de Pfeif raacht . . .

Kumme aah de Schnitzer miet,
dos gibt oder Laabn.
Wos mer alles schnitzen ka,
Schaafle un aah Baam.
Wenn de Pfeif raacht . . .

Ebber su üm Mitternacht
kimmt e Tanzel dra,
tanz ich mit menn Edeward,
's werd emol mei Ma.
Wenn de Pfeif raacht . . .

Noochert werd se haamgeschafft,
werd dr Waag net lang;
hintern öbern Birkenwald
is de klaane Bank.
Wenn de Pfeif raacht . . .

Hutzenstube in alter Zeit

In dr Hutzenstub

Überliefert, Arnsfeld

Heit ist de Reih an mir. Ihr Leit,
kummt rei, ich will derzöhln.
Wall nu de Kinner schlofen sei,
do braucht's kaa gruß Verhehln.

Ich red, wie mir is liebe Laabn
ne Schnobel wachsen ließ.
Kimmt's ebber mol ze hahnebiegn,
do seid mer när net bies.

Mir Bauern, die üms liebe Brut
sich plogn gahraus, gahrei,
mir könne net su zimperlich
als wie de Stadtleit sei.

Mir sei aus ganzen Holz geschnitzt,
mir reden darb un racht,
un reden vun dr Laaber wag
bezacht un unbezacht.

Waar dodermiet zerfrieden ist,
Glückauf, darr is mei Ma,
in dan stackt Witz,
in dan stackt Kraft,
daar is kaa Hubelspa.

Weihnachtliche Erinnerung

Wieder kämpfe ich mich, wie so oft in meiner Jugend, gegen die Gewalt des Wintersturmes an der mächtigen Sankt Annenkirche vorbei. Das heult, pfeift und orgelt um die hohen Flanken des Gotteshauses, die im Schneetreiben kaum zu erkennen sind. Winter im Erzgebirge! Jäh bricht das „Furioso“ des Sturmes ab, und in abendlicher Stille liegen Kirche und Gassen da. Während der hohe Turm der Annenkirche schemenhaft in die Dunkelheit hineinwächst, strahlt herzerwärmend aus den Stuben und Läden, der im Vergleich zur mächtigen Kirche fast niedrigen Häuser, Lichterschein glitzernd im Neuschnee wider. Ein feiner Duft frischbackenen Stollens und Kuchens kommt aus den Türen der Backstuben, wenn in Körben und auf Schlitten Frauen den Weihnachtsstollen glücklich heimschaffen.
Es zwingt mich ein kindliches Verlangen, mir einen der in Annaberg zur Adventszeit üblichen Niklaszöpfe zu kaufen. Er schmeckt mir mit seltenem Wohlbehagen in der abseitigen Stille des oberen Kirchplatzes.
Da klingt von der Kl. Kirchgasse her aus einem der Häuser weihnachtliches Singen. „Freu dich, Erd und Sternenzelt“, jubelt die Annaberger Weihnachts-Kurrende. Chorkinder in schwarzen Mänteln und Tuchkappen tragen singend die Weihnacht von Haus zu Haus, von Straße zu Straße. Was macht es schon aus, daß sie mit frommen Weisen hausieren gehen? In die Winterkälte hinein preisen sie die Weihnacht. Ergriffen bleibe ich

Weihnachtlicher Verkaufsstand, gedrechselt

stehen. Über alle Zeit hinweg wird glückliche Kindheit glückliche Gegenwart.

Die Chorkinder zwingen mich mit ihrem schlichten Gesang in ihren Gang. Ich folge ihnen die Kirchgasse abwärts. Alle Unrast des Tages ist einem Zeithaben gewichen. Dann wende ich mich aber dem Marktplatz zu. Um die „Barbara" herum steht dort eine kleine Weihnachtsstadt, ist Wald inmitten der Häuser, ist Niklasmarkt!

Niklasmarkt! Annaberger Niklasmarkt, das ist eine Wunderwelt weihnachtlicher Freude!

Wie gern und wie oft an einem Tage bin ich als Kind durch seine Reihen gegangen, am liebsten abends, denn im Lampenscheine erstrahlte alles viel schöner. Unbestrittener Glanzpunkt waren die Verkaufsstände der Weihnachtsfiguren aus Papiermaché beim Männel-Lahl und Männel-Grummt. Auf den weißen Regalen, in den sauberen Fächern befand sich der figürliche Reichtum der erzgebirgischen Weihnacht in biblischer, bergmännischer und heimatlicher Gestaltung. Und welche Farben! Wie glücklich machte der Erwerb auch nur einer Figur für den Berg oder für die Pyramide. Wie haben wir die Verkäufer bewundert, wußten wir doch, daß sie selbst alle diese Herrlichkeit in Gestalt und Farbe schufen. Nicht minder schön waren die Buden mit dem Seiffen-Olbernhauer Zeug und der Stand der Pfefferküchlerei Gottlieb Bubnick aus Pulsnitz. Hinter der kleinen Budenstadt grünte der Weihnachtswald. Wenn auch Engel und Bergmann, Leuchter und Räuchermann, Weihnachtsberg und Pyramide geschnitzt oder gedrechselt, die eigentliche erzgebirgische Weihnacht sind, ein Baum vollendet das Glück! Und wenn es nur eine Fichte ist! Was ihr die Natur an Ebenmaß versagte, daheim wurde mit dem Bohrer und hinzugekauften Ästen nachgeholfen, so daß am Heiligen Abend eine schön gewachsene Fichte im Lichter-

Weihnachtsmarkt in Schneeberg mit St. Wolfgang im Hintergrund

glanz aufstrahlte. Den schönsten Baum aber stellte die Stadt selbst auf. Er stand inmitten der ersten Budenreihe gegenüber der Löwen-Apotheke. Weihnachtlich leuchtete er vom 1. Advent an bis über das Fest hinaus.
Wenn in später Abendstunde winterliche Stille über dem Marktplatz lag, wenn gar Neuschnee die Äste des Baumes niederdrückte, dann funkelte sein Lichterschein in ungezählten Kristallen wider.
Das Leben führte den einstigen Kurrendaner hinaus in die Weite deutschen Landes. Wo immer er auch ist, im Advent geht das Herz eigene Wege, es sucht die heimatliche Bergstadt.

Kurrendesänger

Kurt Arnold Findeisen

Wir laufen als Kurrende
und frieren an die Hände
auch frier'n wir an die Zehn,
doch singen wir sehr schön!

Wir singen Weihnachtslieder
die Straßen auf und nieder.
Hell leuchtet die Latern,
der Max, der trägt den Stern.

Wir ziehen durch die Straßen
und frieren an die Nasen,
auch frier'n wir an die Zehn,
doch singen wir sehr schön.

Das Bergmannslied im Weihnachtsbrauch

Gerhard Heilfurth

Wenn die Adventszeit anbrach, war es seit der Jahrhundertwende in und um Schneeberg üblich, im geselligen Kreis nicht nur Weihnachts-, sondern auch Bergmannslieder anzustimmen – ein alter Brauch auf der Grundlage der drei Hefte „Erzgebirgische Berglieder", die der Kantor an St. Wolfgang Bruno Dost um 1885 veröffentlicht hat. Seine Sammlung ist herausgewachsen aus dem Erleben des Christfestes in dem traditionsreichen Zentrum des damals langsam zurückgehenden westerzgebirgischen Bergbaus.
Es wird berichtet, daß besonders der Schneeberger Tischlermeister Friedrich Härtel Dosts Gewährsmann gewesen ist. Er kannte von Kindheit an bergmännisches Liedgut aller Art, fröhliches und besinnliches. Dost hat seine Sammlung dem Verein „Glückauf" gewidmet, der im Dezember 1884 zur Erhaltung der

Weihnachtliches Kurrendesingen in Schneeberg

weihnachtlich-bergmännischen Bräuche begründet worden war. Diese Aufgabe schien damals dringend, weil der Bruch mit dem Herkommen sich immer stärker auswirkte. Vieles war schon der Vergessenheit anheimgefallen, nun wurde es wieder lebendig, so die alte Gepflogenheit der Singumgänge. Sie wurden Privileg des neugeschaffenen Bergchors unter Führung des Häuers Hahner. Der Lehrer Alfred Dost gab zudem 1897 die beliebtesten dieser Lieder in volkstümlichen Sätzen heraus, zusammen mit dem einheimischen Weihnachtssinggut. Nicht zuletzt trugen die kinderreichen Bergmannsfamilien, besonders im benachbarten Neustädtel, in dessen Gemarkung sich der Bergbau fast ausschließlich zurückgezogen hatte, dazu bei, daß die Texte und Melodien wieder an Boden gewannen – ein vertrauter Bestand, darunter solche Lieder wie „Glückauf ist unser Bergmannsgruß" oder „Zum Bergmann hab ich mich geweiht".

Auf der böhmischen Seite des Erzgebirges vollzog sich Ähnliches, vor allem in dem dortigen alten Bergbauzentrum St. Joachimsthal. Dort wurden die erhaltenen Bergmannslieder 1891 in der deutsch-böhmischen Sammlung von Hruschka und Toischer erfaßt, und zwar andere als im Schneeberger Raum, z. B. „Der Bergmann im schwarzen Gewand" und „Tief in der Erde Schoß". Es war eine alte Bergmannsweisheit: Unter Tage ist es dunkel, doch droben leuchten tröstlich die weihnachtlichen Sterne.

De schwarze Fried derzöhlt vun Kuchnsinge

Manfred Blechschmidt

Mir warn fei garschtig nazammgefahrn, wie do aans mit de Knöpeln na'n Loden wummert. Oder geleich dernooch fing's draußen a ze schallern. Erscht sachte, nort egal sehrner un sehrner, doß enn Angst waarn kunnt, wu dos noch hiführn möcht. Mei Mutter war außern Haisel un schießet rümhaar: „Ach du Rast, ich will Minn, Minneminn haaßen, wenn dos kaane Kuchnsinger sei! Inu du Schand, un noch kenn Kaffee in dr Rähr . . ."
Do kam oder schu aus'n Vürhaisel e annere Singerei. Aah schie, möcht mer sogn! Hatt dos erschte gelieten, su wollt dos itze nazammschlogn.
Nu mocht aaner ne Ufen eihaane oder net, denn nu fing aah noch e annerer Trupp hintendraußen a ze singe, dorten ben Wasserhaisel. Su wos war fei aah salten: Geleich drei Lieder un aah noch ofenanner! Un doderbei wollt geds schenner singe als is annere!
„Gieh när emol naus, sog, se sölln sich gaabn un esu . . ." Nu do erscht! Itze wurn die Singer orndtlich baaset. In aaner Haar hätten se sich übernumme!
Do is mei Mutter salberscht nausgeberzt un hot die ganze Singgemaaschaft rei dr Stub geschleppt. Un wie dr größte vun die neibackene Aardäppelkuchn of'n Tisch stand, sat se: „Habt alle drei Parten schie geträllert, söllt'r aah alle drei Parten schie über dan Kuchn haarfalln . . ."
Dos hot sich kaans zweemol sogn lossen. Un esu machet daar Kuchn Freid zun Singe un dos Singe Freid fer dan Kuchn. Un wär daar Kuchn net esu sachte miet alle worn, wenn's paßt, täten die heit noch singe . . .

Adventssinge

Stephan Dietrich (Saafnlob)

Ne Kraußen-Dolf sei Fraa hot's nett gern gesaah, wenn'r in dr Singstund gange is, ausgerachnt vier Weihnachten, wu's su allerlaa zu tu gibt. Nu ja, se hatt aah net ganz uracht. Is wur allemol spöt in dr Nacht, eh dr Dolf ehamkam. Su lang brauchet aah e Singstund net ze dauern. Is war aah wieder emol racht spöt wurn. Ne annern Morgn, wu dr Dolf net aufstieh wollt, saat sei Fraa: „Nu sog mr nä ämol, wos macht ihr nu aagntlich esu lang ben Adventssinge?". „Nu, dos ka ich dr schu sogn", saat'r. „Dos is nu abn esu, erscht werd eweng erzöhlt. Geder waß wos Neis. Un noocherts, eh alle zammkumme, spieln mr aah en Skat oder en Doppelkopp, un noocherts . . ." „Nu horch emol", saat sei Fra, „wann singt ihr dä do?" „Singe, singe", saat dr Dolf, „nu singe tunne mr hamzu".

Vaarschle zun Kuchnsinge

Überliefert

Giwele, Gowele schickt mich haar,
sölln mer wos ze assen gaabn,
net ze gruß un net ze klaa,
wie e klaaner Mühlnstaa.

Dreimol, dreimol üm dos Haus,
gabbt mer a Stückel Kuchn raus.
Is dr Kuchn net geroten,
gabbt mer e Stückel Schweinebroten.

Mei Mutter schickt mich haar,
öb dr Kuchn fartig wär,
wenn'r noch net fartig wär,
käm ich morgen wieder haar.

Sog enn Gruß an deine Mutter,
un dr Kuchen, daar wär verbrannt;
un die ganze braune Butter
is in Ufen neigerannt.

*

De Kuchn sei gebacken,
mer härn dan Ufen knacken,
gabbt uns e Stückel weißen,
dan wolln mer schu zerbeißen;
gabbt uns e Stückel dicken,
mer wölln uns schu dreischicken;
un is dr Kuchn eich net geroten,
gabbt uns enn Schweinebroten;
mir taaln dan Kuchn schu salber aus,
gabbt uns enn ganzen Kuchn när raus!

*

Kurz un dick
is Bauerngeschick,
lang un geschlank
is Edelmannsgang!
Pfarrnersch Töchter,
Müllersch Küh –
wenn's gerett
is gutes Vieh!

*

Loßt när kenn Gast net leiden.
Eilig tut ne Kuchn zerschneiden
un schenkt de Gläser voll!

Räucherfrau mit einer Schüssel dampfender Kartoffelklöße

Kauft, ihr Leit, 's ist Weihnachtszeit

Eine Plauderei vom Dresdner Striezelmarkt

Gleich hinter der dicken Frauenkirche, die selbst wie ein behäbiges Marktweib über der Altstadt thronte, begann der Christ- oder Striezelmarkt, das Weihnachtsparadies für die Dresdener Kinder. In zahllosen offenen Ständen und in vielen dicht verhangenen Buden, die nur mühsam durch kleine Kohlenfeuer erwärmt wurden, boten die Händler ihre Herrlichkeiten feil. Da dufteten die Stollen oder Christbrote, in Dresden Striezel genannt, die dem ganzen Markte den Namen gegeben haben. Weißgraue Pflastersteine und braune Pfeffernüsse von den Pulsnitzer Pfefferküchlern lagen in riesigen Haufen auf den Brettertischen, überstrahlt von den ersten Petroleumlampen, die in der frühen Dämmerung angesteckt wurden. In ihrem Scheine blinkten die tiefen Schalen der Waagen wie pures Gold. Im Hofdurchgang eines alten Hauses wurden Klöppelspitzen aus dem Erzgebirge angeboten. Nicht weit davon gab es Nußknacker und Bergleute, Engel und Räuchermänner zu kaufen. Wie sie, so waren auch Holzpferdchen und buntbemalte Tiere von fleißigen Händen des Gebirges geschnitzt und ge-

„Arche Noah", beliebtes Spielzeug in der älteren Zeit

leimt worden und warteten nun hier auf fröhliche Käufer. Das Vogtland hatte Geigen und Trommeln, Mundharmonikas und Trompeten geschickt. Aus Leipzig waren Bilderbücher und Liederhefte angekommen und füllten mit ihren bunten Titeln die Budentische. Um den Brunnen standen die grünen Fichten und Tannen und warteten, ob sie ein Christbaum werden würden. Daneben konnte man gleich die Kerzen dazu und bunte Wachsstockpyramiden kaufen. Rote und grüne Glaskugelketten, silbernes Lametta und goldenes Engelshaar für den Weihnachtsbaum gab es in Fülle. Zwischen all diesen Buden wogte eine große Menge dicht vermummter, aber vergnügter Menschen, die alle unterwegs waren, um noch eine Kleinigkeit zu kaufen, sich und denen zur Freude, die sie beschenken wollten, aber auch den Verkäufern zum Troste, weil sie noch jeden Pfennig Verdienst nötig hatten, um sich für die Festtage auch etwas anschaffen zu können. Diese Verkäufer gaben sich alle Mühe, um ihre Kundschaft zu locken, sie priesen ihre Ware laut und schreiend an, daß man meinen mochte, es gäbe auf der ganzen Welt nichts besseres zu kaufen.

Nun muß zugegeben werden, daß es gerade auf dem Dresdener Striezelmarkt etwas gab, das man sonst nirgendwo finden mochte. Da saßen in einem Winkel des Jüdenhofes, notdürftig vor Schnee und Kälte geschützt, die jüngsten Verkäufer des Marktes, arme Kinder, ein Bruder und eine Schwe-

Zwei Pflaumentoffel oder Feuerrüpel – kleine Schornsteinfeger, aus getrockneten Pflaumen zusammengesteckt
Zeichnung von Alfred Hofmann-Stollberg

Ein Christmarkt-Verkaufszelt mit erzgebirgischen Spielwaren aus dem Waldkirchner Musterbuch von 1840

ster und riefen immer wieder: „Kauft ihr Leut, 's ist Weihnachtszeit.“ Ihre Ware aber waren die kleinen schwarzen Pflaumentoffel. Kennt Ihr die? Da sind ein paar getrocknete Pflaumen auf zwei Stäbchen gesteckt, das sind die Beine. Und quer durch geht noch ein Stäbchen, das sind die ausgebreiteten Arme, die in der einen Hand die Leiter, in der anderen Rutenbesen halten. Der Kopf ist eine weiße Papierkugel mit Zylinderhut. Um die Arme hängt vielfach ein Umhang aus schwarzem Zeug oder grünem oder blauem Papier. So ein Pflaumentoffel heißt in Dresden: „Feuerrüpel“ oder auch „Pflaumenrupperch“. Er war sogar manchmal mit Flittergold verziert, damit er für den Heiligen Abend recht festlich angezogen aussah. Er ist dann für die kleinen Kinder auch nicht so fürchterlich, wenn es etwas um ihn glänzt und glitzert. Denkt Ihr, es hätte da jemand vorüber gehen können, ohne einen zu kaufen und mitzunehmen? Nein, diese Besonderheit des Dresdener Striezelmarktes ließ sich niemand entgehen. Da wird es viele Weihnachtsstuben gegeben haben, wo sich dann unterm Lichterglanz diese Feuerrüpel ein Stelldichein gaben mit den Räuchermännern und Engeln.

Christmarktskinner

Martin Herrmann-Freiberg

Mir sei de Christmarktskinner,
's Liesel un der Max.
Mir huln uns jeden Winner
fei allemol enn Knacks.
Mir ginne of de Stroßen
miet unnern Mannelzeig,
un unnre ruten Nosen,
die wardn gar nimmer treich.
De Ohrn, de Füß, de Finger
spring' uns für Kält bal wag;
uns friert, uns arme Dinger,
in unnrer dünne Gack.
„Satt har, ihr Leit, des schiene
geglitzerige Zeig!
Mir wölln doch aah verdiene,
dar Starn wär wos für eich!" –

Viel Leit in Pelzen ginne
stockstackensteif vorbei,
paar Heifle Kinner stinne
ganz sahnerlich derbei.
Se gucken of de Starnle
un of dan bunten Zeig:
„Mir sei racht arme Karle –
die beeden, die sei reich!
Die hobn fei Hampelmanner
un Pflaumetoffel zamm.
Satt, wos die mieteanner
für'n Haufen Zeig do hamm!" –

Die Zweea ober denken:
„Ach, hobn's die Kinner schie,
die könne sich dos schenken,
in Wind un Watter stieh!"

's fängt a bei Hampelmannern,
un su ward's immer sei:
ne Glanz sieht mer bei annern,
bei sich de Armetei!

„Ausverkauf wegen Geschäftsaufgabe". Ludwig Richter (1803–1884) fand das Motiv dazu auf dem Dresdner Striezelmarkt. Der Holzstich regte Max Schanz (s. Abb. S. 25) zu einem Entwurf an, den der Seiffener Künstler Max Auerbach (1890–1970) um 1930 in die beiden Figuren „Striezelkinder" umsetzte und in Produktion nahm. Die Gruppe wurde 1937 auf der Weltausstellung in Paris mit einer Goldmedaille ausgezeichnet und wird heute noch hergestellt (s. untenstehende Abb.). Zeichnung von Alfred Hofmann-Stollberg

Mei Weihnachtszeig

Karl Hans Pollmer

Ich hob enn neie Raacherma,
dar stammt aus Olbernhaa.
E klaane neie Peremett
aus Seiffen hob ich aah.

Menn neie Schwibbugn hot mei Gung
extra fer miech gemacht.
Menn neie Bargma hot mei Mad
aus Schneebarg mietgebracht.

Mer sieht in meiner Weihnachtsstub
när lauter neies Zeig.
De Kinner hobn's fer uns gekaaft:
„Do, Voter, 's is fer eich!"

Is alte habn se waggepackt,
se saten, 's wär net schie.
Doch itze – es is kaam ze glaabn! –
habn se's bei sich dort stieh!

Weihnachtskinnerlied

Friedrich Emil Krauß

Dr Voter kaaft een Weihnachtsbaam,
dr Gung, daar fährt ne rauf,
de Mutter hult is Zuckerzeig,
de Maad, die hänge's drauf.

De Mutter bäckt de Weihnachtsstolln
ben Müllerhennerfranz,
se raaneviert is ganze Haus
un ruppt de gruße Gans.

De Maad vergolden Weihnachtsnüß
un hänge Draahtle na.
Is Liesel hult ne Lechter ro,
un's Lenel macht ne raa.

Dr Gung, daar baut'n Weihnachtsbarg,
er baut ne ganz allaa,
aar hot aah schu paar Reh geschnitzt,
ne Stülpner-Kar sei Fraa.

An Heilign Obnd nooch'n Neinerlaa
kimmt dr Rupprich in senn Staat,
er sieht ball wie dr Voter aus,
mer hobn de größte Frahd.

Schwibbogen aus Metall, schwarz lackiert, wie er noch heute im Erzgebirge hergestellt und verkauft wird

Seiffner Kinner

Max Wenzel

1
Voter, dreh Reifen! De Gunge un Alten
lauern schu drauf un wolln dr'sche spalten,
Schaafle un Pfaarle, 's Schock sechs Pfeng,
Farb un Holz möcht sei e Meng;
alles muß darb inenanner greifen:
Voter, dreh Reifen!

Voter, dreh Reifen ne ganzen Tog,
Fraa un Kinner arben dir nooch.
Hunger tut wieh, un's Brut is teier,
un fer sachzig Schaafle zwä Dreier. –
Do vergieht enn is Singe un Pfeifen:
Voter, dreh Reifen!

Voter, dreh Reifen! De Walt is schie!
Lustig draußen de Menschen gieh!
Haar an dr Drehbank! Schie is de Walt –
oder zwä Dreier sei aah e Gald!
Hei, wie lustig laabt sich's in Seiffen –
Voter, dreh Reifen!

2
Voter, gibt's Kinner of daarer Walt,
die sette Schaafle kaafen üms Gald?
Schaafle un Pfaarle, wie mer'sche sieht?
Voter, wos machen dä die dermiet? –
Spielzeigmacher, dos solln mir sei?!
Spielzeig, Spielzeig, do lach ich fei!
Spielzeig – vun früh bis in dr Nacht!
Werd immer un immer när Spielzeig gemacht –
un alles is Spielzeig, wos mer su sieht –
när annere Kinner spieln dermiet!

3
Voter, ich möcht's derwaagn emol wissen,
öb annere Kinner aah arben müssen!
Sei allaa mir, doß Gott derbarm,
gar esu zertraaten un arm?

Vögle singe un Blume blüh,
wie de Schiffle, de Wolken zieh,
un de liebe Sunn maant's gut,
wall ümesist se uns scheine tut.

Alles is schie, un alles is fruh;
oder mir arben – wos hobn mer dervu?

Arche-Noah-Darstellung aus Heinrich Hoffmanns Bilderbuch „König Nußknacker und der arme Reinhold" aus dem Jahr 1851, das mit dazu beitrug, erzgebirgisches Spielzeug populär zu machen

Original eingerichteter Koch-, Wohn- und Arbeitsraum einer Spielzeugmacherfamilie aus der Zeit um 1900 im Spielzeugmuseum Seiffen

4
Hot uns die Tog e Ma genannt:
Kinner wärn mir aus'n Weihnachtsland.
Dos Land wär dos schennste weit un breit,
un drubn do wuhneten gelückliche Leit.
Dr Rupperich hätt sei Warkstell do,
un Engele käme vun Himmel ro;
un alles laabet vun settign Sachen,
die dr ganzen Walt när Frähd täten machen.

Ich mark oder nischt vun all daarer Lieb,
vielleicht sei meine Aagle ze trüb.
Ich waß när, doß mir Kinner sitzen
jede Stund, die Gott waarn läßt, ben Spielzeigschnitzen.
Öb mir gelücklich sei? Ich waß fei net!
Gelück is vielleicht när e sette Red
wie vun Rupprich un vun de Engeln aah,
ich hob zewingst noch kenn gesaah!
Oder mir sei nu emol, dos is waltbekannt,
gelückliche Kinner in Weihnachtsland!

5
Wenn Weihnachten is, wenn Weihnachten is,
do kimmt ze uns daar Heilige Christ.
Daar kaaft fer de ganze Menschhät ei,
un alles soll fruh un saalig sei.
In Schachteln un Packeln, ze Schlieten un Wogn
werd Weihnachtsfrähd vun uns fortgetrogn.
Doch dr Heilige Christ, daar mänt's fei gut;
horcht drauf, wos'r uns alles dolosseh tut:
Enn Barg zen Ruscheln ne guten Kinnern,
enn Sträfen Glatteis, do könne mer zschinnern,

Reifengedrehte Stadt; erzgebirgisches Spielzeug aus der 2. Hälfte des 19. Jahrhunderts aus dem Schweizerischen Museum für Volkskunde, als Leihgabe im Spielzeugmuseum Seiffen

in dr Heilign Nacht, ehr'sch gieht in de Betten,
de hallen Lichter dr Weihnachtsmetten
un mei bunte Laterr, dos is fei e Pracht,
un dos schiene Lied vun dr Heilign Nacht.

Wenn de Drehbank ebber denkt,
iech bi an'r nagehängt?!
Naa un naa, ich mach mich lus,
Voter, wenn ich erscht bi gruß;
dä mei Glück blüht ergndwu – –
Drehbank, ratter net esu!

6
Wenn ich bi e grußer Ma,
wie e Künstler schnitzen ka,
do gieht's naus in alle Walt,
meine Kunst, die brengt mir Gald,
lustig waar ich sei un fruh – –
Drehbank, ratter net esu!

Gruße Kunst brengt Ehr un Gold,
meine Arbet werd bezohlt!
Ach, dohierde is mir eng –
sachzig Pfaarle när sechs Pfeng –,
gruße Kunst brengt grußen Luh – –
Drehbank, ratter net esu!

Bauernhof in Spanschachtel, Spielzeug aus dem Musterbuch der Firma Wagner von 1865

Der Bargma

Erich Lang

1. Durch de Gassen weiß beschneit,
laaf ich gern zer Weihnachtszeit,
bleib an manning Fanster stieh:
ach, wie sieht's do schie.
Überol aus jeden Haus
guckt be Tog der Bargma raus,
un daar denkt an Lichterpracht
in stiller, heil'ger Nacht.

2. Immer stieht er an senn Ort;
is ganz ruhig, sogt kaa Wort,
mit de Lichter in der Hand
lecht er naus ins Land,
lecht in alle Herzen nei,
wu noch Schatten drinne sei,
un erfreit mit Lichterpracht
in stiller, heil'ger Nacht.

3. Wenn ich in menn Stübel bie,
guck ich ze menn Bergma hie,
un ich waß: Nooch jeder Plog
kimmt a Feiertog.
Wart' när, 's kimmt de Zeit ball ra,
noochert stieht der Lichterma
wieder in der Lichterpracht
in stiller, heil'ger Nacht.

Erzgebirgische Lichterengel aus verschiedenen Zeiten und in verschiedenen Formen. Zeichnung von K. Voss

Engel und Bergmann

Max Barthel

Bergmann:
Nun sage schon, du Engelskind,
was trieb dich in den kalten Wind?
Die Kerze leuchtet wie ein Stern,
die Menschen haben Sterne gern.
Engel:
Von oben kam ich, du von tief,
uns beide eine Stimme rief,
da haben wir uns aufgemacht
als Zeugen in der Stillen Nacht.

Erzgebirgische Räuchermänner in verschiedenen Formen und aus verschiedenen Zeiten. Zeichnung von K. Voss

Bergmann:
Das Licht – es soll in seinem Schein
nicht nur ein Esel dabei sein,
ein Ochse und die Hirtenschar –
schau hin! Und Könige sogar!
Engel:
Bald steig zum Himmel ich hinauf,
dich ruft der Schacht: Glückauf,
Glückauf!
Bergmann:
Wir beide haben für die Nacht
auch unser Licht herbeigebracht,
Glück auf!
Glück auf!

Der Nußknacker

(in bärbeißigem Ton)

Kurt Arnold Findeisen

Ich hab – schon manche Nuß – gepackt,
krick – krack – und mitten durch – geknackt.
Der Spielzeugmacher – der mich schuf –
gab mir das Knacken – zum Beruf.
Ich knacke große – ich knacke kleine,
und was nicht aufgeht – das sind Steine.
Ich knacke hart – ich knacke weich,
nur immer her! – mir ist das gleich.
Doch sag ich eins euch ins Gesicht:
Verknacken – ha! – laß ich mich nicht!

Gedrechselter Nußknacker mit Pickelhaube und Schießgewehr. Holzschnitt von Heiner Vogel

's Raachermannel

Erich Lang

1. Gahr fer Gahr gieht's zen Advent of'n Buden nauf,
werd a Mannel aufgeweckt: „Komm, nu stiehste auf!"
Is es unten in der Stub, rührt sich's net von Flack:
's stieht, wu's stieht, doch ball gieht's lus: 's bläst de Schwoden wag.
Wenn es Raachermannel naabelt, un es sogt kaa Wort derzu,
un der Raach steigt an der Deck nauf, sei mer allezamm so fruh.
Un schie ruhig ist im Stübel, steigt der Himmelsfrieden ro,
doch im Herzen lachts und jubelts: Ja, de Weihnachtszeit ist do!

2. 's hot zwaa stackendürre Baa un enn huhlen Leib,
zieht bedachtig an der Pfeif ze senn Zeitvertreib.
Hot a fei schiens Gackel a, of ne Kopp enn Hut,
ober Maul un Nos sei schwarz, weil's viel dampen tut.
Wenn es Raachermannel naabelt, un es sogt kaa Wort derzu,
un der Raach steigt an der Deck nauf, sei mer allezamm so fruh.
Un schie ruhig ist im Stübel, steigt der Himmelsfrieden ro,
doch im Herzen lachts und jubelts: Ja, de Weihnachtszeit ist do!

3. Is der Heilge Obnd nu ra, werd jeds ze enn Kind.
Wieder waarn in jeden Haus Lichter agezündt.
Jeds hofft, daß zen Heilign Christ aah e Packel kriegt.
Überol ist Glanz un Pracht, un wie gut dos riecht.
Wenn es Raachermannel naabelt, un es sogt kaa Wort derzu,
un der Raach steigt an der Deck nauf, sei mer allezamm so fruh.
Un schie ruhig ist im Stübel, steigt der Himmelsfrieden ro,
doch im Herzen lachts und jubelts: Ja, de Weihnachtszeit ist do!

Zwei typische „Räuchermännel": links der Rastelbinder (= Kesselflicker) und rechts der Türke, zugleich als Lichterträger

Raacherkerzeln

Max Wenzel

Wenn ich an Dich denk, du alts guts gebergisch Weihnachten, do stieht's Schönste von meiner Gungd vir mir auf. Do lechten meine Aagn, wie lauter Lichteln vu de Krippn, Lechter, Bargleut un Terken; un mir klingts in de Ohrn wie lauter Mettengesäng un Turmblosen. Mei Harz dreht sich rüm un nüm, wie de Flügeln vu ener Permett, un mir kimmt of dr Zung e Geschmack wie lauter Butterstolln, Pfaffernüßle und Crottendörfer Pfefferkuchenmanner. Un aa de Nos' gieht net leer aus. Of en fein Wölkel kimmt e Duft, dar ganz noch Weihnachten riecht, hargezugn.

Ich sah euch, ihr Terken, Postleut, Kutscher un Soldaten mit der Pfeif in der Hand; un aus en grußen Loch in euern Gesicht, wu anere Leut ihr – mit Respekt ze sogn – Maul hobn, kimmt e dicker Schwodn Raach raus. Oder de ganze Stub kriegt en Duft, als wenn kläne Weihnachtsengeln durchgeflugn wärn.

Karl, zünd e Weihrauchkerzel an,
daß wie Weihnachten riecht,
un stells när of dos Scherbl hie,
dos unern Ufen liegt!

Esu häßts net ümesist in unnern alten Heiligohmdlied!

Rauchender Husar aus dem Bestelmeier-Katalog um 1800 – eine der ersten bekannten Darstellungen von Räuchermännchen

Der Rastelbinder

Kurt Arnold Findeisen

Er: Servus, Vater, Mutter, Kinder!
Die Kinder: Guten Tag, Herr Rastelbinder!
Er: Mausifalli, Rattifalli,
alles, was sie haben wollen,
Pfännle, Töpfle, Näpf' und Tiegel,
Stürzen, Löffel, Kleiderbügel.
Einzustricken Form und Faß.
Gute Mutter, kauf sie was!
Die Mutter: Mäuslein ist ins Garn gegangen,
Ratte hat der Spitz gefangen.
Nichts zersprungen, nichts zerbrochen,
dreizehn glatte Töpf' zum Kochen,
reichen noch bis nächsten Winter,
brauche nichts, Herr Rastelbinder!

Der Türke

Ich bin der Sultan Soliman –
man sieht mir's schon von weitem an –
ich hab dreihundert Frauen,
die ärgern mich oft gar zu sehr
und lamentieren kreuz und quer
und machen mir das Leben schwer.
Dann nehm ich meine Pfeife her
und laß sie – p – miauen
Und blas – p –, was ich blasen kann,
Und denke – p –: Was geht's dich an?
Ich bin der – p – p – Soliman,
der macht sich da nichts draus – p – p –
p – p –, nun ist die Pfeife aus!

Is Weihnachtsbaaml

Saafnlob

Wenn su Weihnachten in Gebirg rakimmt, do is bei uns geds olber drauf, doß zr Zeit e Baaml neis Haus kimmt, e richtigs Tannebaaml. Do sei de Leit bei uns wählerisch. Dr Baam muß gute Quirl hobn, dos haaßt, de Ast müssen schie genau gegenüberstieh un ist derf aah kaaner faahln. Am besten is, mr kaaft su en Baam nett, wall mr da in grußen ganzen namme muß, wos do in Wald rausgeschlogn werd. Am besten is, mr maust sich en Baam, uhne doß mr derwischt werd. Dr Seffgung un dr Schmiedhannes sei nu aah emol so korz vür Weihnachten naus in Wald of de Such nooch en schinn Baam gange. Dr Seffgung hat de Saag mitgenumme un dr Schmiedhannes en lange Strick. Su mit die klenn Fichtl is nischt. Mr muß vun en grußen Baam de Spitz namme, die is kräftig und hot aah meest en schinn Quirl. Do hattn se aal ball en Baam derwischt, dar ubn naus schle gewachsen war. Dr Hannes klattert nu nauf, bindt ne Strick üm dare Spitz, domit dr Seff ne Baam robiegn ka un oschneiden. Dr Seff lauert unten mit dr Saag. Wie dr Hannes gerod dos aane End vun Strick roschmeißen will, kimmt of aamol dr Forstwart un bläkt: „Nu, Dunnerwatter, ihr verdammten Spitzbubn. Wor macht ihr denn do!“ Do saat dr Hannes: „Pscht, Herr Farschter, stärn Sie ne Hannes nett. Se sanne hoch, dor hot en Strick. Dar will sich nämlich erhänge, un ich wart hier unten un will ne noocherts oschneiden.“

Fünf verschiedene Baumformen aus dem Waldkirchner Musterbuch von 1850. Der Baum links außen und der mittlere Baum tragen gestanzte Blätter aus sehr dünnem Holz

Zeichnung eines Räuchermännchens in der Gestalt eines Rastelbinders

Mei Peremett

Karl Hans Pollmer

'su zwee, drei Tog vür'n Heilign Obnd,
do steig ich of'n Buden nauf.
Ubndrubn, do stieht e gruße Kist.
Die Kist, die mach' ich sachte auf:

Dä drinne in der Kist
stieht, schie verpackt,
in Holzwoll eigebett',
mei Peremett.

Es schönnste Flackel in der Stub,
dos werd nu für'sche leergemacht.
Do dreht se sich zen Heilign Obnd,
dort dreht se sich zur Heilign Nacht.

Se is mei ganzer Staat,
mei größtes Glück,
'wos Schönner' sch waß ich net –
als mei Peremett.

Ganz unten läft de Christgeburt,
un drüber Hirtenzeig un Schof,
ubndrubn de Bargleit un de Zwergn –
ich guck' ne zu un find' kenn Schlof.

Es faahlet mir fei viel,
'su denk' ich do,
wenn ich se nett meh hätt' –
mei Peremett.

Un doch kimmt aah emol die Zeit,
wu ich se net meh saahe ka.
Dann ober baut mei Gung se auf
und frat sich dra, wie ich mich fra:

Dä ofn Buden drubn
stieht, schie verpackt,
in Holzwoll eigebett' –
sei Peremett.

Die Pyramide wird aus ihrer Kiste geholt und aufgestellt – alljährlich ein Höhepunkt in den Vorbereitungen für den Heiligen Abend.

Wenn die kleine Pyramide

Kurt Arnold Findeisen

Wenn
die kleine Pyramide
leise ihre Flügel regt,
fühl ich, wie der große Friede
auf mich seine Hände legt

und wie meiner Kindheit Gnade
wieder sich auf mich besinnt,
wenn die alte Bergparade
ihren stillen Gang beginnt.

Wenn
am kleinen Tannenbaume
scheu das erste Flämmchen bebt,
fühl ich, wie im Weltenraume
sich des Lichtes Schale hebt

und wie große Sonnenwende
Schnee sich von den Füßen klopft,
wenn auf meine kalten Hände
warmer Tau der Kerzen tropft.

Die Pyramide

Kurt Arnold Findeisen

Zuerst war's nur ein kleiner Turm aus Holz,
dran Kerzenflackern sich nach oben schwang,
so daß der volle Blick geblendet schmolz
vor Glitzerglanz und Blinkern blanken Golds,
bis er von neuem durch die Wimper drang.

Vierstöckige Weihnachtspyramide, in Privatbesitz

Dann überraschte ein Vorüberkreisen
von vielen Dingen, die sich bunt verteilten
an vier Geschosse. Wie in Rundgeleisen
ging Mann und Frau und Kind und Hund auf Reisen,
erschienen lautlos, eilten, weilten, eilten!

Ein Flügelrad, gerührt vom Flammenhauch,
schuf die Bewegung oben im Gestühl.
Es schweiften seine Flügelschatten auch;
sie huschten an der Decke hin wie Rauch
und wimmelten, ein wundervolles Spiel.

Danach beglückten hundert Einzelheiten:
Bergleute brachen auf aus ihren Schächten.
Soldaten. Jagd und Jäger. Lämmerweiden.
Und unten floh mit seinen Eltern beiden
das holde Christkind vor Herodes' Knechten.

Zuletzt war alles sinnverwirrter Drang,
der heil'gen Traum in alte Einfalt wob.
Ein Chor von hingerissnen Hirten sang,
indes der Engel sich zur Erde schwang
und alles Volk auf seine Schulter hob.

Du aber lagst davor, ein Wonneschnaufen,
Kind, nichts als Kind, und um dich großer Schein:
Es holten des Herodes dunkle Haufen,
und mochten ewig sie im Kreise laufen,
niemals, du sahst's, das Heil der Erde ein!

Weihnachtshängeleuchter aus dem Jahre 1910, in dem sich innen nach dem Prinzip einer Pyramide eine mit Figuren bestückte Scheibe dreht (Spielzeugmuseum Seiffen)

Hängeleuchter, sogenannter „Spinnenleuchter", in Privatbesitz

Bergspinnen, die erzgebirgischen Weihnachtsleuchter

Siegfried Sieber

Wieviele treue Sinnbilder der erzgebirgischen Heimat verstrahlen ihr Licht gerade zur Weihnachtszeit: Engel und Bergmänner, Pyramiden und Schwibbögen. Am eigenartigsten unter den Leuchtern und bisher wenig beschrieben sind die Bergspinnen.

Die Weihnachtsspinne entsteht an der Drehbank. Ihr „Rumpes" (Rumpf) hat meist Kugelform, kann aber auch einem geschweiften Holzstab oder einer Docke ähneln. Bei den einfachsten Formen ragen die hölzernen Spinnenbeine steif aus dem Rumpf. Die nächste, schönere Form zeigt dann schon gebogene Beine, die mit Glöckchen, kleinen Holzscheiben, Holzkugeln oder ähnlichem Zierat behängt werden. Die dritte Art, eine doppelte Spinne weist an zwei Holzkörpern die übereinander angeordnet sind, zwei Reihen Holzglieder auf. Die Schmuckspinne endlich ist überdies mit einem Ring, einer Holzperlenkette, mit reichgeschnitzten Beinen, ja sogar mit aufgesetzten Figuren ausgestattet. Da greifen die Spinnenarme kunstvoll aus, tragen zahlreiche Tüllen für die Kerzen, sind mit Glöcklein behangen, und die Abschlußkugel ist als Krone gestaltet. Zuweilen fügen sich Brettchen mit Schnitzfiguren der Docke an. Wird das alles bunt und golden bemalt, so entsteht ein an Farben und Formen reizvoller, die Phantasie fesselnder Leuchtkörper, der

noch dazu durch wunderliche Schatten an der Stubendecke das Auge beschäftigt.
Wie der meiste hölzerne Weihnachtsschmuck, entstammt die Bergspinne dem Spielzeuglande um Seiffen, wo der Bergmann zum Schnitzer und Drechsler geworden war, als der Zinnbergbau versiegte.
Der Dresdener Volkskundler Karl Ewald Fritzsch, der den Übergang der Seiffener vom Bergmann zum Holzkünstler ansprechend dargestellt hat, meint, diese Holzleuchter seien nach dem Vorbilde kristallener Kirchenkronleuchter gefertigt, wie sie in der Seiffener Glashütte entstanden waren. Das wird zweifelhaft, wenn wir einfachste Spinnenformen untersuchen. Überdies ist der Werkstoff Holz stets früher künstlerisch genutzt worden als das Glas, und im waldreichen Erzgebirge bietet sich das Holz dem Volkskünstler zu allererst an. Gerade Bergleute sind ja die eifrigsten Schnitzer gewesen. Spinnen in grober, ungekonnter Holzschnitzerei wurden als Leuchter auf den Zechenheiligenabenden der Bergleute aufgehängt. Feierten doch die Knappen meist ihre eigene Grubenweihnacht. Aus Brand-Erbisdorf ist von solch bergmännischer Feier ein schlichter Spinnenleuchter mit tönernen Tüllen bekannt. Von einem anderen Zechenheiligabend wird berichtet, daß die Bergleute zum 24. Dezember, an dem sie bereits mittags ausfuhren, morgens viele Kerzen mit in den Schacht nahmen, dort Gesteinsecken und Felsvorsprünge mit Lichtern besetzten und am First des Stollens eine Spinne anbrachten. Sie bestand aus einem würfelförmigen Holzkörper, worin sie Löcher gebohrt hatten. An hineingesteckten Stäbchen wurden Kerzen befestigt und

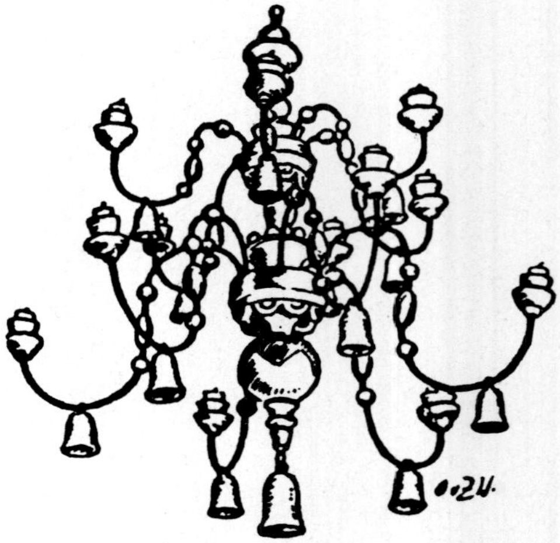

Zeichnung der ursprünglichen Form einer erzgebirgischen „Spinne“

entzündet. Sollte dies nicht überhaupt der Ursprung der Spinne sein, die einfachste Form, die man ohne besondere Hilfsmittel, ohne schnitzerisches Können herstellen konnte? Auf ihre Herkunft aus Bergmannsbrauchtum deutet ja der Name Bergspinne. Denn nur mit Mühe kann man ihn aus einem Vergleich mit Spinnenbeinen herleiten, da sehr viele Bergspinnen keinerlei solche Beine zeigen. Weit über die primitive Urform hinaus haben die kunstbegabten Seiffener Drechsler reichverzierte Spinnen geschaffen. Wer einmal im Seiffener Spielzeugmuseum die erstaunlich große Zahl von Spinnenleuchtern sieht, bewundert nicht nur die Kunst ihrer Schöpfer, sondern auch die vielfältige Abwandlung der Grundform durch immer neue Erfindungen, reicheren Schmuck, wirkungsvollere Farben.
Unter den erzgebirgischen Deckenleuchtern sind als Sonderart die Kettenleuchter zu nennen, für die wohl Prunkstücke aus höfischen oder bürgerlichen Festräumen Vorbilder abgaben. Unter

diesen gibt es Hängeleuchter mit Glasperlengehängen, sodann Spinnen, bei denen gedrechselte Holzkugelschnüre die Stellen der Glasperlen vertreten sowie Mischformen aus beiden Arten. Neuerdings wird der Ringleuchter bevorzugt, der auf einem breiten Holzring um ein figürliches Mittelstück heimatliche geschnitzte Gestalten trägt. Er hat die altertümliche Spinne fast verdrängt.
Nicht vergessen seien die blitzenden Messingleuchter, die in sehr vielen erzgebirgischen Kirchen von den Decken hängen, früher Kerzen, heute elektrische Birnen tragend. Sie ahmen mit ihren schöngeschwungenen Armen das Spinnenmotiv nach. Das Erzgebirge war ein bedeutender Messinglieferant, und Messingwerk Niederauerbach mit den Werken Ellefeld und Jägersgrün besaß fast monopolartige Stellung in der Wirtschaft Sachsens. Geschickte Klempner, darunter z. B. Carl August Schwotzer in Zwönitz um 1860, fertigten neben mannigfaltigen Messinggeräten in kirchlichem Auftrag große oder kleine Leuchter, die namentlich den Emporen der Dorfkirchen Licht spenden sollten. Aber auch aus Zinn, wofür das Erzgebirge ein Haupterzeuger war, wurden Hängeleuchter gemacht. Unsere Zinngießer meisterten die schwierigsten Aufgaben, wählten für Hängeleuchter aus Zinn ebenfalls die volkstümliche Spinnenform und legten statt Holzperlenschnüre Zinnketten um den Leuchter.

Die erzgebirgischen Schwibbogen

Manfred Bachmann

In den Kreis der vielfältigen Lichtträger, die zur Weihnachtszeit in den Wohnungen der Erzgebirger die Festfreude erwartungsvoll steigern helfen, gehört der seit etwa 250 Jahren überlieferte Schwibbogen. Gerade in den letzten Jahren ist seine weit über das sächsische Erzgebirge hinausreichende Ausstrahlungskraft als Element eines weihnachtlichen Volksbrauches deutlich zu bemerken. Der Name Schwibbogen ist aus der gotischen Architektur abgeleitet worden und bedeutet eigentlich Schwebebogen, d. h. er bezeichnet einen frei zwischen zwei Mauerkörpern schwebenden und von diesen gestützten Bogen. Schwibbogen ist in der Kunstgeschichte die ungenaue Bezeichnung für einen Bogen größeren Ausmaßes, unter dem man hindurchgeht. – Der Bergschmied Johann Teller aus Johanngeorgenstadt fertigte um 1726 den ersten schmiedeeisernen Leuchter dieser Art. In der gleichen Bergstadt ist der älteste datierte Schwib-

Großer im Freien aufgestellter Schwibbogen (6 m lang, 2,50 m hoch) der Schnitzgemeinschaft „Glückauf" Neustädtel

Weitverbreitete metallene Form des Schwibbogens

bogen für 1730 überliefert. Er zeigt als Bildschmuck das Wappen der Stadt und zwei Berghauer. Auf der Silberzeche „Neu-Leipziger-Glück" (Johanngeorgenstadt) stand ein um 1796 gearbeiteter Schwibbogen, den – rings um das sächsische Wappen – Bergleute, schwebende Engel und Adam und Eva zierten. Damit sind die charakteristischsten Bildelemente der frühen Stücke umrissen. Aus der Werkstatt von Meister Teller und weiteren Angehörigen dieser Familie gingen viele dieser aus Eisenblech gefertigten dekorativen Weihnachtsleuchter hervor, die ja nach Größe mit sieben bis zwölf Kerzen bestückt waren. Die Exulantensiedlung und altehrwürdige Bergstadt Johanngeorgenstadt ist also die Heimat des Schwibbogens, eines der schönsten Zeugnisse bergmännischer Weihnachtskunst. Ursprünglich galt er auch als Illuminationsgerät am „Zechenheiligabend" während der traditionellen „Mettenschicht", die am Nachmittag des 24. Dezembers in den Hutstuben abgehalten wurde und die Bergleute bei Musik, Gesang und Essen vereinte. Dabei hingen die Häuer ihre Grubenlampen hufeisenförmig, d. h. das Stollenmundloch andeutend, an die Wand. Die sozialkritisch zu verstehende „Lichtsehnsucht" des Bergmanns, die sich im Erzgebirge gerade zur Weihnachtszeit im überlieferten Formenschatz der Schnitzerei und des Drechselns so einmalig ausweist, ist das eigentliche Quellgebiet auch für die Entstehung des Schwibbogens. – Der Schwibbogen galt zunächst als repräsentatives Geschenk für die Knappschaft und für den Bergmeister,

Laubsägenvorlage für die Herstellung eines Schibbogens

als kostbares Familienerbstück. Mit Beginn des Wirkens der Schnitzvereine seit dem letzten Viertel des 19. Jahrhunderts erweiterte sich die Funktion dieses Volkskunstwerkes und seine Verbreitung: Der Schwibbogen fand Eingang in die Weihnachtsstuben als beliebter Lichtträger, seit dem 20. Jahrhundert auch vielfach aus Laubsägeholz geschnitten oder gar reliefartig bzw. vollplastisch geschnitzt. Dabei wurden die im Bogen dargestellten Figuren vom Motiv her häufig verändert oder ergänzt: Der Schnitzer, die Klöpplerin, Waldleute und andere für das Erzgebirge typische Personen sowie Figuren der Volkskunst füllen silhouettenartig das Halbrund des Leuchters. Immer wieder kommt es dabei zu neuen, interessanten Variationen. So verband der Schneeberger Schnitzmeister Heinrich Dörfelt seinen mit zehn Kerzen besetzten Schwibbogen mit einer Pyramide, auf deren Tellern unter dem Bogen geschnitzte Figuren kreisen. Eine besonders ansprechende Form stellt der Schwarzenberger Schnitzmeister Ernst Riedel in zwei Größen für die Schneeberger Genossenschaft her. Der Meißner Zinnfigurengestalter und Lehrer Helmut Braune produziert seit 1966 einen flachgegossenen Schwibbogen in kleinem Format als ansprechendes Souvenir für das Museum für Volkskunst in Dresden und weitere volkskundliche Sammlungen. – Der Schwibbogen bekam in den vergangenen vier Jahrzehnten als großflächige Gestaltung noch eine weitere Funktion: Er wurde zum Wahrzeichen bedeutender Volkskunstausstellungen und wanderte damit gleichsam in die Öffentlichkeit. So war das Treppenhaus der Dresdener Weihnachtsmesse 1959 von einem gewaltigen Schwibbogen überspannt. Auch großformatige Bogen „im Freien“, gewissermaßen die Parallelen zu den Weihnachtsbäumen und Pyramiden im Freien, sind keine Seltenheit mehr. Der von den Schmiedemeistern Curt Teller und Karl Adler für Johanngeorgenstadt geschaffene Bogen mißt in der Breite 6 m, und seine Höhe beträgt 3 m. Vom Balkon der Schule in Neuwelt strahlt seit 1959 der ursprünglich in Schwarzenberg ausgestellte Schwibbogen, der in der Schmiede der Brüder Just (Schwarzenberg) gebaut wurde. – 1967 übergaben die Schnitzer der Fachgruppe „Glückauf“ in Schneeberg II (Neustädtel) den Bürgern ihrer Stadt einen prachtvoll geschnitzten Bogen, der seitdem in der Nähe des Schnitzheimes Aufstellung fand.

Die Geschichte vom Paradiesgarten

Friedrich Emil Krauß

Der Mittelbach Gustav hatte im Männleschnitzen kein rechtes Glück. Wenn er den großen Familienberg aufgebaut hatte mit den Stöcken, Steinen und Figuren dreier Generationen, brachte er dann auch die Figuren an, die er selbst an langen Herbst- und Winterabenden geschnitzt und in der gleichen Farbe wie der Vater bemalt und wohl auch „alternshalber“ einige Zeit in die Mehlkammer vorn in die Sonne gestellt hatte.

Seine Figuren litten darunter, daß die linke Gesichtshälfte von der rechten so verschieden war, daß man die eine immer einem anderen Gesicht oder Männel hätte zurechnen können.

Nun stellte sie der Gustav geschickt auf, sei es in den Schatten, sei es in den Hintergrund oder verdeckt oder so angeordnet, daß man nur die eine Seite, die er für die bessere hielt, sehen konnte.

Wieviel Mühe er sich auch gab, seine Freunde waren biese Kerln, so richtig huhnackete Brüder, die machten sich einen Spaß draus, rauszuklauben und festzustellen, welche Männle vom Gustav und welche vom Heinrich, dem alten Müller, und vom Großvater waren; die älteren Figürchen hielten sie schwer auseinander, höchstens nach der Größe. Wenn sie so mit den Pfeifen am Berg herumstanden, hieß es dann: Tav, die Mannle do hinten, die sei wuhl vun früher? Aber do naabn den Hackstock, do muß e aagähriger akumme sei, oder sie erzählten sich von de Enkele, und das auch noch am liebsten, wenn Weibsvölker dabei waren, selbst wenn's Hannel, Gustavs Liebste, dabei war.

Gustav sann auf Abhilfe. Einmal hatte er dem Esel, dessen Ohren abgebrochen waren, einen neuen Kopf geschnitzt, die Leimstelle noch ein bißchen verfeilt und den Esel gut „gealtert“ – in die Sonne gestellt und ein bißchen mit Dreck eingerieben.

Er hatte großen Spaß daran, daß es keiner seiner Freunde merkte, sei es, daß der Kopf wirklich gut gelungen war oder daß er in der Krippe weit hinten stand oder daß die Schnitzbrüder ihre ganze Aufmerksamkeit auf die Männle richteten.

Gustav faßte Mut. Er hatte einen großen gedruckten Freund, den Brehm aus seines Vaters Lade. Wann immer er ein wenig Zeit hatte, las er im Brehm und guckte die Bilder ebenso lange an, als er an den Kapiteln zu lesen hatte. Es war, als ob er jede Form nachfühlte, wiewohl nur mit den Augen.

Eines Tages traf er bei den Fischen auf die Flunder. Schon schoß ihm ein Gedanke durch den Kopf; er klappte das Buch zu, ging an seinen Schnitzkasten, und es war noch keine ganze Stunde ver-

„Arche Noah" mit vielerlei Getier, das zur Weihnachtszeit auch in „Paradiesgärten" aufgestellt wird

gegangen, und die Flunder lag vor ihm. Das war ein Viech für ihn! Eine Seite gut ist besser als zweie schecht, sagte er vor sich hin, wiewohl ihm der Satz bei weiterem Nachdenken nicht mehr so gut gefiel. Gustav kramte auf dem Oberboden herum. Seine Mutter hätte es nicht wissen dürfen; dabei hatte er seine weiße Müllerschürze gar nicht abgebunden. Zum Glück lag die Pfanne, aus Zinkblech gelötet, die den Teich oder das Behältnis seines Weihnachtsberg-Teiches abgab, obenauf.

Gustav legte seine Flunder hinein. Jess, war die groß, viel zu groß! Am anderen Abend schnitzte Gustav gleich zwei viel kleinere, am Sonntag den ganzen Nachmittagsregen lang noch drei. Gustav dachte darüber nach, trocken konnte er seinen Teich nicht gut lassen, zumal er unterm alten Getier eine Kuh in saufender Stellung hatte. Bei guter Gelegenheit erkundigte er sich beim Maler nach einem Lack, der Wasser aushält. Er sprach mit dem alten Weigelmoler hin und her, schließlich erwarb er ein Büchsel Lokomotivlack. Vorsichtshalber probierte Gustav die ganze Teichpartie schon einmal im Sommer aus mit Kies, einigen Muscheln und seinen Flundern drin, und am Rand brachte er auch schon ein paar Plattenmoosstücken an.

Ob es am Lokomotivlack oder am Holz lag, die Flundern platzten! Gustav zog einen alten Freund zu Rate, einen Stellmacher, der unserem Gustav eine Woche darauf ein Holz schickte, dessen ausländischen Namen der Stellmacher selbst

„Arche Noah" aus dem Waldkirchner Musterbuch von 1850

nicht genau wußte. Es war ganz fettig oder harzig und hart, dreimal so hart wie Linde. Gustav arbeitete, daß er nur so schwitzte. Er feilte auch heimlich am harten Holz, wiewohl das Feilen bei den Schnitzbrüdern als große Sünde galt. Farbe verdeckt viel, sagte er. Zuletzt schwankte er noch ein wenig – dann lackierte er aber doch wieder den Lokomotivlack drüber. Diesmal hatte er Glück. Drei Wochen Probe verliefen. Das Moos am Teichrändel wurde ganz grün und wollig, das Wasser roch schon ganz merkwürdig, doch die Flundern blieben ganz, hatten nur so einen ganz feinen Hauch angesetzt. Es sah nicht schlecht aus.
Gustav las wieder im Brehm. Er suchte vergebens das Einhorn. Der Brehm konnte seinerzeit ja auch noch nicht alles wissen, er schnitzte jedenfalls ein Einhorn. Er dachte immer an ein Reh mit einem Horn. Wie es fertig war, war's so eine Art Kälbchen mit einem Horn, ein kleiner einhörniger Ochse sozusagen. Kurz entschlossen schnitt er das Horn weg. Er prüfte das Kalb sehr kritisch, schlug – was er höchstens nach dem Schnitzen, nie während der Arbeit tat – den Brehm auf, schnitzte noch ein wenig und war mit dem Kalb zufrieden. Er drehte es auch ganz schnell von der linken Seite auf die rechte, er fand beide Seiten ähnlich genug.
Als Weihnachten kam, hatte unser Gustav rings um seinen Teich eine ganz große Viecherfamilie stehen, das Kalb, Kühe, einen Ochsen, zwei Esel und so eine Art Maulesel. Neben der friedlichen alten Kuh stand ein Krokodil, grimmigen Blicks mit weit aufgerissenem Maul.
Er lud seine Kameraden zu einem Schnitzabend ein, hatte den ganzen Berg schon aufgebaut.
Die Schnitzer staunten. Wu die Viecher her sei solln? Vun menn Voter, ich hob e alte Kist gefunden. Der beste Schnitzer in Crandorf, der alte Wiemer Tav, dampfte Wolken. Es kam ihm nicht ganz geheuer vor. Er tat, als ob er husten müßte, so ganz schwer mit etwas gekrümmtem Rücken. Dabei hustete er die Tiere an, daß tatsächlich zwei Zebraer umfielen. Er tat, als ob er sie aufheben wollte, guckte aber ganz scharf auf die Füße der Viecher. Dort war es ganz deutlich zu sehen, daß sie neu waren. Kaafst du Zeig of denn Barg, Gustav? In ganzen Laabn net. – Do bist de e ganz grußer Viechzeigschnitzer.
Gustav strahlte, holte die Angelikaflasche, obwohl der Kaffee schon kochte, und sang an dem Abend wie eine Haadelerch, sagt man bei uns im Erzgebirge.
Als der Gustav sein Hannel heiratete, war der Paradiesgarten auf seinem Berg das größte und beste Stück. Die kleinen Viecher hatte er weggetan, so viele hatte er geschnitzt. Am Heilign Ohmd zeigte er seiner Hannel die Schachtel voll, nahm auch eine ganze Hamvel raus und sagte ihr so halb ins Ohr: Wenn mer mol enn klenn Gung hobn oder Kinner, zun Spieln.

Schneeberger Bergmannskrippe

Fritz Thost

Welch ein Wunder ich da schaue
vor Sankt Wolfgangs Bergrevier:
in verlaßner, dunkler Kaue
steht das heil'ge Paar allhier!

Auf dem Schemel in der Molde,
die sonst birgt das edle Erz,
liegt das allerliebste holde
Jesuskindlein: Gottes Herz.

Wie es strahlt im güldnen Scheine
unterm Stern der heil'gen Nacht.
Alt und jung und groß' und kleine
sind vom Gloria erwacht.

Aus den Hütten rings am Walde
läuft herbei, was gläubig ist.
Milch und Brot bringt eine Alte
ihrem lieben heil'gen Christ.

Erd' und Himmel stehen offen,
Engel steigen auf und ab,
Ja, es dringt das frohe Hoffen
in den dunklen Schacht hinab.

Einer sagt's vor Ort dem andern,
was dort oben ist geschehn.
Schnell auf steilen Fahrten wandern,
die das Kind noch nicht gesehn.

Eh sie ihre Schritte lenken,
greifen sie zu Bergkristall,
um den Kleinen zu beschenken,
wie die Hirten einst im Stall.

Tief senkt sich der Himmel nieder:
weiße Wolken überm First.
Engel musizieren Lieder,
bis du selber selig wirst.

Daß anbetend Aug und Lippe
dieses Wunder loben mag,
schufen Schnitzer diese Krippe
erzgebirg'schem Weihnachtstag.

Zeichnung eines weihnachtlichen Bergaufzugs

Schematische Darstellung eines Spanbäumchens; deren Herstellung verlangt hohe technische Sorgfalt

Weihnachten kimmt

Erich Wunderwald

War dos doch a Freid,
wie's Frühgahr zug ei.
Nu is es, ihr Leit,
lang wieder verbei.
Schnee fällt hernieder.
dr Harbst ging verbei;
un Weihnacht zieht wiech
ins Arzgebirg ei.

De Wilkauer Weihnachtsgans

Eine wahre Begebenheit nacherzählt von Maria Branowitzer,
in erzgeb. Mundart von Anna Friderike Kaufmann

Aagntlich is's net mei Art, alte Geschichtn aufzewärme. Doch wie iech itze in de Leedn de Weihnachtsgäns liegn sooch, fiel mr e Geschicht ei, die schu 37 Gahr zerückliegt. In dr Wilke bei Zwikke laabetn zwee liebe, alte Gumfern. Is war schwaar dozemol, siech for Weihnachtn enn richting Brotn ze verschaffn. Do war's aaner vun dan beedn Weibsbildern gelunge, ofn Land gegn Ahziehzeich ne mogere, oder springlawandige Gans eizehannln. In enn Korb verkrannicht, bracht de Agate, wos aans vun dan zwee Weibsbildern war, dos Viech eham. Un gelei fing se mit dr Schwaster Emma ah, dos Gansl ze füttern un ze hegn.

Die zwee Altn wuhnetn in enn Mietshaus in zweetn Stock, un kaans vun de Hausleit wußt, doß in aaner ihrer Steebn e Faadervieh hausn tat. De Agate un de Emma hattn siech naamlich vürgenumme, kenn Menschn ewos vun ihrer Aufzucht ze drzehln; dä erschtns gob's überol Neider, un zweetns wolltn se üm nischt in dr Walt mit jemandn ihrn Fastbrotn taaln. Deserwaagn kunntn se aah de letztn sechs Wochn bis zen Heilign Obnd kenn Besuch gebraung. Se laabetn quasi när for ihr Gans.

Su kam nu dr Morgn vun 23. Dezember ra. Is war e strahlender Wintertog. De ahnungsluse Gans kam munner aus ihrn Kärbl in dr Küch nein dr Kammer vun de Schwastern un begrüßet se mit fröhling Schnattern. De zwee Gumfern gucketn siech gar net ah. Un dos ebber net, wal se bies mitenanner warn, sunnern wal kaane dos liebgeworne Viech ohmurksn wollt. „Du mußt's machn", maan et de Agate, sat's, scheelet siech ausn Nast, zug siech fix ah, schnappet de Eimarktasch un war zun Loch naus.

Wos sollt de arme Emma machn? Se spreißtet vur siech hie un dacht angestrengt nooch, eb se emende enn Nach-

bor zun Schlachtn huln sollt. Ober dan müßt se ja noochert ewos ohgaabn. Naa, dos durft net sei. Se schritt alsu salberscht zor Tat, net uhne drbei siech bal ze betrübn.
Wu de Agate nooch ner Weile wiederkam, log de Gans ofn Küchentisch, dr lange Hals hing laablus über dr Kante runner. Blut war kaans ze saah, ober dodrfür zwee alte Weibsn, die siech mit Schluchzn un Barmetiern ümschlunge haltn tatn. „Wie . . . wie . . . hast se dä kapeniert“, wimmeret de Agate. „Mit . . . mit . . . Veronal“, heilet de Emma retur. „Iech ho’r e paar vun deine Schlofpulver gaabn, un itze is se . . . huuu, is se . . . huuu, ruppn mußt du se . . . huuuu!“
Wu siech die zwee ofn Kannepee ausgewinselt hattn, raffet siech de Agate auf un fing ah, dan noch warme Vugl zu ruppn. Faader of Faader kam nein dr Papiertut, die de verheilte Emma haltn mußt. Zun Ausnamme kunnt siech ober kaane entschließn. Dos wolltn se an nächstn Tog in aller Früh machn.
Doch ganz esu weit sollt’s net kumme. An Heilignobndmorgn wurn de Agate un de Emma geweckt. Mit enn Ruck tatn se in ihre Bettn huchfahrn un drschrockn nooch dr aufgebliebne Küchntür stiern. Durch die kam naamlich quitschvergnügt, wenn aah klappernd vor Kält, de geruppte Gans ahgewatschelt.
Doch is kimmt noch besser: Wu iech an Heilignobnd zor Bescherzeit ze dan beedn kam, üm enn Heilign Christ ze bränge, kam mr of aamol e zweebaanigs Viech entgegn, dos iech när an Kopp als Gans drkenne kunnt. Daar komische Vugl stok doch in enn warme Pullover, dan de zwee Gumfern in Eil un Hast for ihrn Liebling gestrickt hattn.
Aah uhne Brotn ham de altn Schwastern gelückliche Feiertog verlabt. De Gans ober durft noch ganze siebn Gahr laabn un schließlich enn natürling Tud staarbn, tief betrauert vun ihre beedn Freindinne, die nie wieder ewos vun een Gänsbrotn wissn wolltn.

Berühmte Krippen und Weihnachtsberge im Erzgebirge

Wie Engel und Bergmann, die beiden Symbolgestalten des mitteldeutschen Weihnachtslandes, so prägen auch Pyramide und Weihnachtsberg das Festgeschehen im jahresabschließenden Dezembermonat sowohl im privaten als auch im öffentlichen Sektor. Deshalb lautet ein Vers in einem überlieferten, alten Weihnachtslied: „De Christgeburt stell of de Kripp’, aah Schof un Herten drauf. Un häng dr Engel ganze Sipp’, am Himmel ringsüm auf!“.
Wenn auch der alte, vielgeübte Brauch unserer weihnachtsseligen Vorväter, selbstgefertigte und eigenwillig gestaltete Krippendarstellungen in den unterschiedlichsten Arten und Formen zur Advents- und Weihnachtszeit rapide abgenommen hat (Zeit- und Platzgründe!), so kann man hier und dort doch noch solche Kleinodien des Bastelfleißes und der Schnitzkunst betrachten und bewundern. So auch im Erzgebirgsdorf Alberoda.

Neustädteler Weihnachtsecke mit „Christgeburt" im Pferdegöpel; links Grubenlampe in der Form der „Blende", rechts Steiger als Lichtträger

Beim Folienmacher Johannes Günther, Alberodaer Straße 56, ist seit Jahren ein außergewöhnliches weihnachtlich-biblisches Bastelwerk zu besichtigen. Der gelernte Bau- und Möbeltischler arbeitet jetzt im VEB Halbzeugwerke Auerhammer. Erst seit 1959 übt sich J. Günther im Basteln und Schnitzen und alljährlich in der Woche vom 1. zum 2. Advent verwandelt sich die Wohnstube der Familie in einen Ausstellungsraum. Auf der Grundfläche von 4 Quadratmeter erblickt man eine aus Sand, Moos, Zapfen, Sträuchern und so weiter liebevoll nachgestaltete Landschaft, deren Unterbau die von einem Vorhang verhüllte Mechanik beherbergt. Mit großem Einfallsreichtum, mit viel Fleiß, Liebe und Geschick ist die Weihnachtsszenerie von Bethlehem en miniature eindrucksvoll nachgestaltet.

Das wunderbare Geschehen der heiligen Christnacht wird durch fingergroße Figuren und kleine Gebäudemodelle dargestellt. Einzelne Hirtengruppen sind auf die grünweichen Moospolster verteilt und Schafe tummeln sich in Vielzahl. Da ertönt plötzlich vom Tonband die altvertraute Weise „Stille Nacht, heilige Nacht" und Joseph und Maria kommen angelaufen, während links aus einer Wolke der Verkündigungsengel zu den Hirten herabschwebt. Lautlos öffnet sich das Tor des Stallgebäudes, in dem das Christuskind auf Heu und Stroh weich gebettet liegt. Feierlich erklingt nun die Melodie „Kommet, ihr Hirten!". Und da ziehen sie schon daher, die

in Felle gekleideten Wächter, und bringen ihre Gaben dar. Dazu hört man das schöne Weihnachtslied „O du fröhliche“. Jetzt reitet der Kamelzug mit den drei Königen heran, dem wegweisend aufleuchtenden Stern folgend.
Jede Einzelszene schaltet sich automatisch in Reihenfolge selbst ein und vermittelt den genauen Ablauf des Geschehens auf Bethlehems Fluren. Man vernimmt die Christfestweise „Es ist ein Ros' entsprungen“. Nach einer Weile schwebt ein Himmelsbote (Engel) nieder, dem heiligen Paar zur Flucht nach Ägypten ratend. In einem Winkel erspäht man nun die kleine Reisegruppe mit Esel und Laterne. Glockengeläute ertönt, und ein wenig stolz erläutert Johannes Günther die dargestellte frohe Botschaft seines Berges. Als Antrieb des Ganzen dient ein Grammophonmotor, der die große Antriebswelle in einer Viertelstunde einmal um ihre Achse bewegt. Augen, Ohren und das Herz werden durch diese theatralisch wirkende, aber innig-gemütvolle Schaustellung beansprucht beziehungsweise gerührt. So ist neben dem berühmten Brünloser Christusberg ein weiteres großartiges Bastel- und Schnitzwerk mit Verkündungscharakter entstanden, das alljährlich vielen Betrachtern aus nah und fern ein Stück echte Christfestfreude bereitet.
Anschließend wandern wir in Alberodas Oberdorf. Dicht bei der früher vielbesuchten „Edelmann-Mühle“ (Ausflugslokal mit Gondelteich) wohnte der Altbauer Jähn, leider vor Jahren verstorben. Heute nutzt sein Schwiegersohn Hans Crasselt mit den Seinen das einstige Bauerngehöft. Auch hier hat Heimatliebe und Werkstreue, Christenglaube und Schnitzerfleiß einen sehr schönen Eckberg entstehen lassen. Schon seit Kindheit in dieser Feierabendkunst geübt, baute sich Opa Jähn in vielen Mußestunden eine Krippenecke. Auf Brettern und Pfosten, mit Baumnachbildungen, Wurzelstöcken, Rindenstücken, Moos und Sand erblickt der Gast eine mit viel Geschick und Einfühlungsvermögen gestaltete orientalische Miniaturlandschaft, in der sich geschnitzte Figuren bewegen. Der Zug der anreitenden Kamele mit den drei Weisen kommt aus einer Felsgrotte und die Engelschar mit dem Erzengel Gabriel schwebt über Hirten und der Schafherde vom Nachthimmel herab. Links befindet sich im Vordergrund der Stall mit der Christgeburt. Schwielige Bauernhände, denen man kaum solche zierlichen Schnitzarbeiten zutraut, haben alles, Menschen und Getier, so wirklichkeitsgetreu aus hellweichem Lindenholz geschabt, daß allenthalben Leben und Atmosphäre spürbar ist.
In ihrer volkstümlichen Wirkung erfreut diese nach typisch Lößnitzer Art gefertigte Arbeit jung und alt. Nach dem Tode des Schöpfers dieser kleinen, aber sehr gediegenen Hauskrippe wird das Familienkleinod umso liebevoller gehegt und gepflegt. Vätergut wurde so einer weiteren Generation zur Bewahrung und Erhaltung übereignet.
Seit 1968 besitzt das „Museum für bergmännische Volkskunst“ zu Schneeberg einen der ältesten Weihnachtsberge des Erzgebirges. Es ist der sogenannte Cranzahler Stufenberg, ein typischer, raumsparender Eckberg, der in der ersten Hälfte des 19. Jahrhunderts im Sehma gebaut wurde. Das meisterliche Bastelwerk mit der siebenfachen Häuserkulisse und der Cranzahler Kirche kaufte 1860 Karl Nestler. Dessen Enkel, Paul Nestler, baute das Ganze erstmals als

Cranzahler „Stufenberg“ aus der 1. Hälfte des 19. Jahrhunderts, heute im Museum für Bergmännische Volkskunst in Schneeberg; links die Cranzahler Kirche, im Sockel detailgetreue Nachbildung bergbaulicher Arbeitsvorgänge

zwölfjähriger Junge auf und nahm dabei einige Veränderungen vor. Vor einem mit Fichtenzweigen gebildeten und mit Ziersternen behangenen Hintergrund breitet sich die mit Moos, Gebäuden und Figuren dargestellte Landschaft aus. Links ist Christi Geburt und das Hirtenfeld sichtbar. Den Mittelteil nimmt eine detailgetreue Nachbildung der vielfältigen Arbeit im Erzschacht ein. Eine aus 25 Kleinplastiken bestehende Bergparade zieht in das Gotteshaus zum Mettengottesdienst. Auf drei Quadratmetern gibt es allerhand zu bewundern und klein und groß recken ihre Hälse.
Steil nach hinten ziehen sich die Terrassen, die im Stil eines Bilderbogens ganze Häuserreihen zeigen. Man wird an das hochgebaute Jerusalem erinnert. Infolge dieser eigenwilligen Gestaltung ist die Bezeichnung „Stufenberg“ geprägt worden. Er erinnert an die Vorläufer der Krippengestaltung, den sogenannten Stufen aus Böhmen (St. Joachimsthal). Vorn schließt ein grün gestrichener Gartenzaun das Ganze ab. Besondere Eigenart aber sind 19 Einzelfiguren, die Lichttüllen halten und Bergleute, Tiroler, Ritter, Grafen und andere darstellen. Volkskundlich gesehen ist dieses schöne Schaustück äußerst wertvoll und kostbar. Bei den Tausenden Museumsbesuchern haftet der eigenwillig aufgebaute Weihnachts- und Heimatberg noch lange in Erinnerung als echtes Zeugnis gemütvoller und glaubenstreuer Vorfahren.

Mei Weihnachtsbarg

Karl Hans Pollmer

Ich brauch zen Heilign Obnd
nischt wetter als menn Barg.
Er füllt de ganze Stubneck aus
un läft dra an enn Wark.

Dos Wark, dos zieh ich auf,
dann gieht mei Barg ümring.
Dos pocht un schiebt un zieht un fährt
es dreht sich jedes Ding.

Der Holzmaah saagt un hackt,
der Färschter guckt ne zu.
E Kühgung trebbt de Küh ofs Fald –
nischt of menn Barg hot Ruh.

De Bargleit, die fahrn ei,
un annre, die fahrn aus,
dort aus ne huchen Stangewald,
do komme Hirschen raus.

De Heilige Geschicht'
is aah miet aufgeführt.
Mei Weihnachtsbarg, nu, daar sei schie,
ar läft, als wie geschmiert.

Er füllt de Stubneck' aus,
un is mei Stolz, mei Wark!
Ich brauch zen Heilign Weihnachtsobnd
nischt wetter als menn Barg.

Zeichnung einer Waldszene als Paradiesgarten

Neudörfel, ein erzgebirgischer Weihnachtsberg mit verschneiter Winterlandschaft. Die Häuser bauen sich am Berghang auf, der von der Kirche gekrönt wird

Der Weihnachtsberg

Gottfried Albert

In den Feierabendstunden
baute sich des Wäldlers Hand
in der Stube einen bunten
Weihnachtsberg. Von Wand zu Wand
breitet festlich sich der Reigen
der geschnitzten Zauberpracht,
dem Gebirge anzuzeigen
das Geschehn der heiligen Nacht.
Auf der Höhe ruht die Krippe
mit dem zarten Jesuskind,
und der Hirten große Sippe
eilt herbei durch Eis und Wind.
Mit Geschenken reich beladen
spähn die Weisen nach dem Ziel,
eine stolze Bergparade
zieht durchs Dorf mit hellem Spiel.
Kühe brüllen, Lämmer springen,
Hirsch und Reh stehn scheu im Tann,
und umwölkt von blauen Ringen
schmaucht der Räucherkerzenmann.
Aus dem Tal steigt bang und dunkelnd
auf die lange Winternacht,
und der erste Stern ist funkelnd
überm Waldgebirg erwacht.

Der von Max Schanz geschaffene Weihnachtsberg im Gesamtüberblick, im Spielzeugmuseum Seiffen

Der alte Weihnachtsberg

Fritz Thost

Die Stubenecke wird mit Reisig ausgeschlagen,
dann hängt Großmutter Pfefferkuchen ins Gezweig.
Ganz kleine Sterne sinds aus süßem, bunten Teig,
als hätte jeder Ast die Wunderfrüchte selbst getragen.

Nun kann Großvater seinen Weihnachtsberg aufbauen:
die steile Bergmannsstadt und tiefen Silberschacht,
das Leben über Tag und das in dunkler Nacht,
dazu die Stülpnerjagd und Hirtenvolk auf grünen Auen.

So ist das Erzgebirge, wie es alle Herzen
inbrünstig lieben als ein unvergeßlich Bild,
das uns vielmehr als andre Kunst und Weisheit gilt,
drum stellen wirs in fromme Glut der Kerzen.

Der Weihnachtsberg bleibt wie die Berge bleiben
und erbt sich fort auf Kind und Kindeskind,
und um sein Zauberreich die lieben Ahnen sind,
die unser junges Blut zu neuem Werke treiben.

Horcht! Horcht!

Karl Hans Pollmer

Horcht! Horcht!
Se blosen Weihnachten ei!
Of'n Turm fängt's Blosen a,
se spieln e Weihnachtslied.
Mir traten z'samm zen Fanster na,
mei Vater, der spielt miet.
Su blosen se Weihnachten ei,
der Heilge Obnd is do.
Ins Herz fällt do e Sternel nei,
dos kimmt vom Himmel ro.
Horcht! Horcht!
Se blosen Weihnachten ei!

Horcht! Horcht!
Se singe Weihnachten ei!
Nu fängt es Singe a.
Wie schie horcht sich's do zu!
Un wos mer net verstihe ka,
dos waß mer aah esu.
Su singe se Weihnachten ei,
der Heilge Obnd is do.
Ins Herz fällt do e Sternel nei,
dos kimmt vom Himmel ro.
Horcht! Horcht!
Se singe Weihnachten ei!

Heiligobnd-Schrack in Crandorf

Christian Teller

Wie schnell egal e Gahr vergieht, doß merkt mor immer dann, wenn Erinnerunge, die jeds Gahr in dor Weihnachtszeit wieder nein Kopp kumme, mahne: Es is wieder esu weit. Horch drauf, alter Freind, im Gebirg zieht wieder Weihnachten ei, macht eich alle zam auf, bereitet ne Heilign Christ offene Harzen. Erinnert eich an Engeln un Bargleit, Schwibbugn un Raachermannle, an Mettengesang, Turmblosen un Weissagung, Neinerlaa-Toppkließ un Sauerkraut.
Mitten drinne aber kimmt dor Heilige Christ, mir saaten aah, es Bornkinnel. Von su en Bornkinnel, dos über viele Gahrhunnerte hie nie seine ruth Backle un sei gütiges Lächeln verlorn hot, will ich eich heit dorzähln: War sich alle Gahr sein Weihnachtsbarg in de Eck baut, dar ka sich leichter vürstelln, wie sich Crandorf ins Arzgebirg neigesetzt hot. Gerod esu wie ne Blachschmidt Mil sei Weihnachtsbarg, esu zieht sich Crandorf nauf bis zun Kirchl un noch e wing darübernaus. Un in dann Kirchl war zor Weihnachtszeit ofn Altar e Bornkinnel aufgestellt, doß mit seine gütigen Aagn schu Generatione beglückt hot. Dor Kirchner, wos dor Blachschmidt Mil war un sei Alma, die aus dor Erl stammit, tatn jeds Gahr dos klaane Gungel schie nei in Watt un Decken packn, wenn es neie Gahr sich übers Arzgebirg gebraat hot. Wos ober weit feierlicher war, dos wußtn net när alle Crandorfer, naa, dos hobn sugar de Leit in Schwarzenbarg un Barmesgrü drzehlt, dos war, wie dor Mil un sei Alma dos Bornkinnel von sein Ei-

Die weihnachtliche Symbolfigur „Bornkindel". Zeichnung von Alfred Hofmann-Stollberg

packballast befreit hobn, Net när, doß nu dos Kinnel aafach hiegestellt wurn is, es war schu immer esu, de Fraa von Kirchner mußt dann Gungel alle Gahr e neies Hemdel nähe. De Crandorfer Mettengänger hatten ihre Aagn net när of die feierlich geschmückte Dorfkirch gericht, naa, wehe wenn dos Hemdl ebber a paar Gahr alt war. Bei dor Alma war dos aah gar kaa Frog, gerod e Ehrensach wars doch mit dan Gungel un sein Hemdl. Su warn schu sechsunzwanzig Gahr vergange, nischt war passiert, alle Gahr lecht e weiß Hemdl von Altar ro, ringsüm unzählige Kerzen, die ne Gungel sei Gewand noch meh schimmern ließen, es su raa un uschuldig, we wuhl alle Kinner zer Weihnachtszeit sei.

De erschten Flocken warn schu gefalln, es Moos fürn Mil sein Paradiesgarten log scho drei Tog in Stall draußn, de Alma hat bein Schneider Bäck schu de Backerei bestellt, do wur es Zeit, die zwee grußn Christbaam von Wald rei zu huln un aah de Kirch mußt langsam fastlich vürbereit waarn. „Morng mach mor aber luß", esu saat dor Mil noch zor Alma, eh er nein Bett steigt, „morng machen wir uns nieber in de Kirch un packn es Weihnachtszeig aus. Emende müssn mir e wing leime un repariern." „E wing Stoff fürn Gungel hob ich schu seit drei Wochen mitgebracht, morng schneid ichs zu", maanit de Alma, dreht sich nimm un war aah schu wag. Im Traam saat sicherlich es Gungel: „Alma, gab dir fei e wing Müh, herrschte?" Die paar Tog bis zen Heiligobnd verginne egal e su fix, frogt när mol de Leit, wu die Tog hie sei. Es is, als wenn kaa Hund langsam left. Alles rennt und satzt, schleppt und trooscht, leimt und bastelt, när der Herr Pastor Böttcher stand ruhig an sein Stubnfanster uns saat när immer: „Die olbern Leit, die olbern Leit." Es hot aber niemand gehört, weil gerod dor Schmiedelauer Kar zor Weissagungsprob esu damisch auf die Kesselpauken draufgewichst hot, doß dor zugeraasten Sängerin aus dor Bucke ihre Haarnast aufgange is! Dor Kantor hat seine Depetierten wieder zam, die Kurrand war durch, es Backzeig in Haus, de Geschenke entweder in Klaaderschrank oder ofn Heibudn versteckt, itze kunnt Weihnachten kumme. Un wie jeds Gahr, brauchst du aah gar net lang zu ruffn, leise wie de Flöckle un gerod a su bestimmt, kam aah dies Gahr dor Heilige Obnd.

När es Bornkinnel stand ofn Altartisch un hat waasgott noch sei altes Hemdl a, sollt dos ebber niemand gemerkt hobn? När kaa Angst, de Alma hat dos Klaadl schu lang fartig, sugar mit e wing Spitz ubndraa. De Zwölfeglock hat ober schu ausgelett, alle Gahr war im darer Zeit aber schu dos Gungl ümgezugn. Dor Mil hat sei Kirch schu im weihnachtlichen Glanz haargericht, nu kunnt de Metten lusgieh heit Obnd.

Wos hat de Alma für e Freid, als geleich Nochmittag ihr Grußer, sei Fraa un es klaane Maadel über Weihnachten ze Besuch kame. Naa, e solche Überrasching, an Heiligobnd ihr Grußer! Bestimmt

zwee Gahr war ar net dorham. De erschten Lichtle wurdn agezündt, un e Aardeppelkuchn war a schu zamgeschnieten un dor blau-weiße Emailletopp fing langsam in dor Rähr a ze pultern.
Ka mors do dor Alma verdenken, doß se mit kaan Gedank meh an dos Hemdl dacht? Ja gerachter Himmel, nob när e Eisah, ne Mil sei Grußer kimmt doch gar e su salten.
Der Obnd strich langsam über Crandorf, de Sterle brannten heit alle zam haller un aah viel mehr Sterle warn an Himmel dor. Viel Schnee hats hargeweht, siehste, dos is Weihnachten im Gebirg, waßt es noch? Wos gobs net alles bein Blachschmidt zu drzehln, su e Spektakel, härt dä kaa Mensch, wie irgendwu ewos leise für sich hiegreint? Mor muß ober schu ganz still sei, sist haarscht du's net. „War greint dä zen Heiligobnd? Dos ka doch gar net war sei. Horcht emol, halt itze mol alle eire Guschn", fuhr de Alma dorzwischen, „seid när emol ganz ruhig, hört ihr nischt? Mir is, als wenns ewu greint." Esu saat de Alma, legt ihr Stückl Aardeppelkuchn hie un ging zum Fanster, üm nochzesah. Ganz still wars plötzlich in dor Stub, alle hobn adächtig gelauscht. Itze wars aah ne Mil sein Grußn esu, un aah seiner Fraa. Un nu hats aah dor Mil gehärt, dar saat: „Ihr kennt sogn wos ihr wollt, do greint e klaans Gungel." „Gungel", kams aus dor Alma ganz klaalaut raus, „in Christis-Geses, ich hob doch sei Hemdl noch in meiner Komod drinne. Aber nu laut, in nor Stund gieht doch schu de Metten lus." Wie e Kugel ausn Rohr war mei Alma nei dor Kammer gesatzt, dos Hemdl genumme un hoste wos kaste nüber nei dor Kirch. Se hot när die aane Altarlamp agezünd, in dor Eil warn die annern Schalter gar net zu finden. Do stand se

Die Hospitalkirche zu Schneeberg im Mettenschmuck Weihnachten 1947. In der Mitte auf dem Altar das Bornkindel

für dos Gungel in sein alten Hemd un saat när: „Fei nischt für ugut, es war heit alles e wing viel für mich, waaste?" Dodrbei zug se is alte Hemd aus un stekket aah schu dos neie mit Spitzeneisatz übern Gungel sein Kopp. „Nu do, itze siehste aber schie aus", esu saat de Alma un stand ganz still un adachtig fürn Bornkinnel. Wos mog wuhl in ihrn Kopp alles rümgange sei? Mor ka sichs emende schu denken, wos brengt net alles e Gahr? Aber wos war dos? De Alma dreht sich geschwind üm, wos war dos für e komisch Gereisch, gerodzu uheimlich wur ihr dos itze un fix war se zor Kirchntür naus un saat ganz aufgeregt zen Mil: „Komm när laut emol mit, un du, Grußer aah, in dor Kirch stimmt

ewos net, macht fix, zieht de Laatschen a!“ Dodrmit waarn se alle zam aah schu zor Tür naus un drübn in dor Kirch nei. Weil die nu gar esu fix gesatzt sei, is dor Keller Man geleich mit, dar kam gerod es Bargel rei un wollt für dor Mettn noch emol bein Mil vorbeiguckn.
„Seid emol alle zam ganz leise“, saat dor Mil, „irgendwu raschelts oder rieselts dohinne.“ De Lampen brannten alle zam, e jeds hot noch ne Odem agehalten, ja, dor Mil hat racht, de Alma hot sich net verhaart! Inzwischen sei dor Mil, de Alma un ihr Grußer üm ne Altar rüm, bei der Sackristei vürbei hinten bein letzten Pfeiler, wu an dor Wand dos große Holzepitaph hängt von Erlahammerbegrabnis. „Do war ewos“, flüstert dor Mil, „itze hom mirsch geleich, seid när emol alle zam ganz ruhig“. Aah dor Keller Man lauscht wie e Aacherrle. „Ei, du gerachter Himmel“, durchfuhr es laut dor Alma, „saat emol alle dohaar, do of door Diel liegt e Haiferle Sand, wu kimmt dä dos geleich haar?“ „Wart, ich hul e Leiter“, saat dor Keller Man, „daarer Sach müssen mir ofn Grund gie!“ Dor Mil hat ober schu dos Ugelück entdeckt, denn er saat: „Saat emol nauf of dan grußen Hoken, dar dos gruße Schnitzwark hält, von dan Hoken kimmt dor Sand gerieselt, dos laaft ja wie e Bachl.“ Dorweile kam dor Keller Man mitr grußn Letter, die an dor Wand gelegt wur. „Half Himmel“, schrier dor Man von dor Letter, „hult fix noch e paar Leit, dos Ding muß runner, dos hält kaa Stund me, dar Hoken sitzt schu ganz lucker!“ Nu war dos e Gerenn, sugar dor Pastor kam gesatzt in de Nudelsockn. Inzwischen war dos gruße Epitaph mit en Saal, zwee gruße Stange un en Dutzend Mannern aus dor Nachbarschaft rogelossen worn un stand fest ofn Budn. Do kaame aah schu de erschten Mettenleit, eigemumelt wie alle Gahr.
Alle standen se üm dos Schnitzwark rüm un saaten när egal, wenn dos Ding wär in dor Metten rokumme, dos hät bestimmt e paar Leit dorschlogn!
Niemand hot aber de Alma gesah, wu war dä die när? Die stand für „ihrn“ Gungel, hat de Händ gefalt un saat: „Hob fei tausend Dank, deß de mich gerufft host, ich bie noch ganz eiskalt für Schrack, hob Dank, hob Dank!“
Nu hattn es aah die annern gemerkt, ja de Alma hat schu racht! Wie dor Mil nu de Christbaam agezunden hat, de Altarlichter un ne Schwibbugn, do warsch ne doch waßgott, als wenn dor Alma ihr Gungel, un unner Crandorfer Bornkinnel, beinah e bissel verschmitzt gelächelt hätt –, über alle seine Menschenkinner.

Liedblatt von Stephan Dietrich in der Gestaltung von Johannes Polster, Hartenstein

O, du allerschönstes Märchen
meines fernen Kinderlands:
Erzgebirg'sche Weihnachtswonne,
Christgeburt im Glitzerglanz,
immer, wenn mein Herz sich härmte,
weit verwandert und verstört,
fand es sich in deinem Scheine
waldwärts, wo es hingehört.

Kurt Arnold Findeisen

„Seiffener Reiterlein". Zeichnung von Alfred Hofmann-Stollberg

Teilstück aus dem verschneiten Weihnachtsberg „Neudörfel" (s. Abb. S. 91) mit dörflichem Winterleben

Weihnachten

Stephan Dietrich (Saafnlob)

Wenn draußen vun Himmel dr Schnee fällt,
deckt Wies'n un Walder schie zu,
nooch kimmt druhm bei uns ball de Weihnacht,
stimmt allis su fastlich un fruh.

De Starnle, die glitzern vun Himmel.
De Baamle sei zuckerbeschneit.
Is pucht an dr Tür schu dr Ruprich . . .
nu is a 's Bornkinnel nett weit.

De Kinner, die folgn wie de Schafle,
do hot 's fei ka Nut un kenn Streit.
De Grußen, die warn wieder Kinner . . .
ach du selige Weihnachtszeit!

Do ginne se uhm bei uns hutz'n,
derzöhln sich un singe derbei.
Rundüm när de Lächterle brenne . . .
un Weihnacht zieht überol ei.

Un scheine de Lichter vun Baaml
su warm uns in Harz un Gemüt,
nooch klingt uhm in unerer Haamit
dos uralte Weihnachtslied.

Un aa nei ins ärmlichste Hütt'l,
wu gestern noch Kummer un Nut,
do strahlt hall e Weihnachtsstarnl
un macht allis Leid wieder gut.

Vom erzgebirgischen Heiligabend-Licht

Welch ein Unterschied zwischen dem „Rummel" unserer heutigen Weihnachtsmärkte, namentlich in den größeren Städten, und dem Weihnachtsmarkt unserer Kindheit vor über siebzig Jahren in einer erzgebirgischen Stadt!

Damals bestand der Weihnachtsmarkt, der acht Tage vor Weihnachten begann und am heiligen Abend endete, in der Hauptsache aus zwei langen Reihen von Buden, in denen man zum größten Teil seine bescheidenen Weihnachtswünsche erfüllen konnte. Eine Budenart spielte zu dieser Zeit, wo vielfach in den Haushaltungen noch die Petroleumlampe regierte, eine besondere Rolle. Das waren die Buden, in denen Lichter aller Art, vom kleinsten Puppenstubenlicht bis zum dicken Kirchenlicht und den lieblich duftenden Wachsstöcken, von den Seifensiedern und Lichterziehern feilgehalten wurde. War doch Weihnachten von jeher ein Fest des Lichtes, besonders auch für den erzgebirgischen Bergmann mit seiner Sehnsucht nach Licht nach der dunklen Grabesnacht des Schachtes. Alte Schilderungen vom Beginn des 19. Jahrhunderts erzählen von erzgebirgischen Bergleuten, die sich selbst Lichter machten und sie zu besonderen Gelegenheiten mit Namen und Sprüchen bemalten.

Unter den weihnachtlichen Lichtern nimmt das handgemalte Heiligabendlicht, das auf keinem erzgebirgischen Heiligabendtisch fehlt, einen besonderen Platz ein. Wenn man in unseren heutigen Geschäften das riesenhafte Angebot von Lichtern betrachtet, deren „letzter Schrei" die „tropfende Kerze" ist – wo man früher drauf bedacht war, daß sie nicht tropft! – so spielt das erzgebirgische Heiligabendlicht daneben wohl eine bescheidene, dafür aber volkskundlich wertvollere Rolle.

In der Mitte des vorigen Jahrhunderts beteiligte sich in manchen erzgebirgischen Orten oftmals das ganze Haus des die Lichter herstellenden Seifensieders am Bemalen der Heiligabend-Lichter, darunter sogar Kinder, wenn auch nicht mit dem gleichen Erfolg wie die Erwachsenen. Die Technik des Bemalens, wozu hauptsächlich die Farben Grün, Rot, Blau und Gelb verwendet wurden, war einfach, erforderte aber immerhin Übung und Geschicklichkeit, denn die runde Fläche eines Lichtes ist schwerer

Christmarkt auf dem Obermarkt zu Freiberg um 1930

zu behandeln als die Leinwand eines Malers. Hierzu kam die Schwierigkeit, die Farben flüssig zu halten und vor dem Gerinnen zu bewahren, was man erreichte, indem man die Farbtöpfe in heißes Wasser stellte. Mit der linken Hand faßte man das Licht oben beim Dochte an, setzte mit der rechten Hand den mit Farbe gesättigten Pinsel oben an und drehte nun mit der linken Hand das Licht rasch um sich selbst, bis sich ein schmaler Farbstreifen um dasselbe schlang. – Noch heute werden von einer Schneeberger Firma die weitbekannten Schneeberger Heiligabend-Lichter in der alten früheren Form verkauft. Sie glänzen nicht nur auf manchem Tisch im alten, oft vererbten Leuchter beim traditionellen Heiligabendessen, sondern gehen auch als heimatlicher Weihnachtsgruß hinaus zu Freunden in alle Welt. In verschiedenen Größen und Stärken sind sie zu haben bis zu der Stärke, von der das altberühmte weitbekannte erzgebirgische Heiligabendlied sagt:

„Saht har, ihr Maad, dos gruße Licht
fer zweeundzwanzig Pfeng,
mer hobns nei in e Tippel gestellt,
dar Lächter is ze eng.“

Das Weihnachtszinn wird hergerichtet

Kurt Melzer

„Das Weihnachtszinn wird hergerichtet!“ Noch heut, wenn zur Adventszeit draußen Flocken wirbeln, wenn Christbäume auf allen Plätzen zum Verkaufe stehen und in den Kinderseelen die stillen oder lauten Wünsche rege werden, klingt mir noch jene Ankündigung des Scheuertages für das Weihnachtszinn wie seliger Abglanz eines Evangeliums aus der Jugendzeit herüber. Sie schallte damals meinen Ohren wie Fanfarenton, dem sich das goldne Tor zum Vorhimmel der seligen Weihnachtsfreude öffnete; denn mit dem Scheuerfest des Weihnachtszinns begannen jene mannigfachen Weihnachtsvorbereitungen, die für die Erzgebirgsgegend so unbeschreiblich köstlich sind, daß auch das späte Leben in Erinnerung daran noch zehrt.

Viel zeitiger als sonst stand ich an jenem Tage auf, an dem der Kronleuchter aus Zinn zum Scheuern vorgenommen wurde. Da ward die Zinnkiste in den schon vorgeheizten Waschanbau getragen, ein wollen Tuch dort auf den Tisch gebreitet, und nun entstiegen aus papiernen Hüllen die gekrümmten Schlangen mit den offnen Mäulern und den Faltenkragen um den Hälsen – die acht Leuchterarme. Dann folgten noch die schönen Blinkeier, welche die Spindel bildeten, eins immer größer als das andere.

Sobald es tagte, kam das alte Mütterchen, das schon seit einer langen Reihe Jahre für diesen Tag die Schätze anvertraut erhielt, darüber sonst die selige Mutter alle Hände hielt, weil sie geachtete Familienerbstücke darstellten. In der Erinnerung seh' ich noch deutlich diese kleine, flinke Alte mit den dünnen Armen und dem scharf geschnittenen Gesicht, in dem sich tausend feine Fältchen zu einem Stelldichein zusammenfanden. Das spitze, stark hervortretende Kinn und der zurückliegende Mund bewegten sich in einem steten Kauen, und manches Mal erklang dabei ein leichtes Schmatzen, als schwelgte sie im Hochgenusse eines seltenen Gaumenkitzels. In ihrer blauen Schürze trug sie ein großes Bündel Scheuergras (Equisetum arvense). „Ist es denn auch gut ausgelesen?" erkundigte sich jedesmal gewissenhaft die Mutter, damit es keine „Krählerts" gab. Ein großer Krug mit Lauge stand bereit, und auch das Wasser wallte schon im Kessel. Aus ihres Rockes Tiefen brachte die Alte noch ein schwammiges, in viel Papier gehülltes Etwas mit, dem meine Kinderneugier einmal heimlich näher auf den Leib rückte. Mit einem kräftigen „Pfui Geier!" als Ausdruck tiefsten Abscheus wendete ich mich von der enthüllten Wahrheit ab. Ein ekliges, in allen Farben schillerndes Gemächte war es, dem dunkelgrüner Saft wie garstig Gift entquoll – in Wirklichkeit nur eine Rindsgalle, die im Verein mit Lauge, heißem Wasser und dem Ackerschachtelhalm das Scheuermittel bildete.

Und nun begann die Alte ihre Tätigkeit: Sie breitet einen Teil des Scheuergrases auf den Boden einer Holzwanne, nimmt ein paar Leuchterarme und legt sie sorgfältig darauf, gießt heißes Wasser und die Lauge darüber, tut noch die Rindsgalle dazu – und nun kommt „Armschmalz" an die Reihe, nicht zu knapp. Die krummen Finger ihrer Rechten fassen ein Büschel Gras, die Linke packt mit sicherem Griffe einen Leuchterarm und fährt in einem fort drauf hin und wider, bis grüner Gischt die Hand und auch die Zinnschlange verhüllt. Dann spült sie, prüft den Glanz und scheuert wieder, so daß die Schweißperlen von der gefurchten schmalen Stirn in die von Schaum erfüllte Wanne tropfen. Jetzt endlich leuchtet

Neustädteler Weihnachtsleuchter aus Zinn

ihr Gesicht zufrieden auf. Ein einziger tiefer, satter Glanz läuft von dem Ringelschwanz bis zu dem offnen Maul der Zinnotter. Noch einmal spült sie gründlich in reinem Wasser nach und legt sodann den blanken Leuchterarm auf saubere Tücher, damit die Tropfen ablaufen.

So müht und plagt die Alte sich in einem fort. Mit stolzer Freude hat sie auch die zweite Schlange hingelegt. Nun ist es Frühstückszeit. Die Mutter hat der braven Scheuerfrau Brot, Butter, Wurst und einen guten Magenschnaps zurechtgestellt; sie darf nun fleißig zulangen und tut es auch mit sichtlichem Behagen. Zudem weiß sie, daß heute mittag die gute Mutter ihr zuliebe ausnahmsweise auch einmal wochentags ein gutes Stückchen Braten mit Kompott und Nachspeise ihr auftragen und nachmittags zum Kaffee auch reichlich Kuchen geben wird, von dem sie mit nach Hause nehmen darf. Die liebe Mutter kannte gar zu gut die schwache Seite dieser braven Alten, die in dem ganzen Städtchen nur die „Pfann“ geheißen wurde, weil ihr ein gutes Essen einfach alles war. Solange sie noch einen Pfennig hatte, kam die Pfanne mit Gebackenem und Gebratenem daheim nicht aus der Ofenröhre. Dafür war freilich auch bei ihr den größten Teil des Jahres Schmalhans Küchenmeister.

Für das verständnisvolle Eingehen auf ihre stillen Wünsche zeigte das alte Mütterchen sich dankbar und erkenntlich. Es scheuerte mit einem Eifer und einer Peinlichkeit, als gälte es, ein Staatsexamen hierin abzulegen. Kein Zinnstück legte diese brave Alte aus den Händen, das nicht wie frisch poliertes Silber glänzte. Das Abendessen war schon lange Zeit vorüber, doch scheuerte sie noch im Schweiße ihres Angesichts. „s' ist heute wieder spät geworden“, sagte einmal die Mutter. „De Leit' frahn nich, wie lang mr hot gemacht, se frahn när, war'sch gemacht hot“, erwiderte sie stark verletzt und selbstbewußt.

Wie habe ich stets aufgehorcht, wenn bei Gelegenheit des Zinnscheuerns die Mutter gern erzählte, wie das und jenes Zinnstück in Beziehung zum Familienschicksal getreten ist, hauptsächlich diese Zinnkrone! Einundeinhalb Jahrhundert ist dieser Leuchter schon Familiengut. Wieviele Freuden und auch Leiden hat er in dieser Zeit mit der Familie erlebt. Besonders gut erinnere ich mich an folgende Erzählung meiner Mutter:

„Es war im Jahre 1852“, berichtete sie uns, „ich war gerad zwölf Jahre alt; es hatte Wochen nicht geregnet; das Wasser lief nun spärlich in die Wassertröge auf den Straßen. In einer Nacht weckt uns der Vater: ‚Kinder, 's brennt, schnell, rettet euch!‘ Da kommen auch bereits die Fensterscheiben auf die Betten. Wie wir darin lagen, so mußten wir hinaus. Die ganze Gasse brannte lichterloh. Im Hause gegenüber was das Feuer ausgekommen. Die trocknen Schindeldächer aller Nachbarhäuser flammten rasch wie Zunder auf. Der Wind trug überall die Funken hin. Der Onkel M. und der Patvetter G., die zu uns zum Retten hergekommen waren, wurden heimgeholt, weil es indessen schon bei ihnen selber brannte. Der Vater war nochmals die Holztreppe hinaufgesprungen, um unsern Kronleuchter zu holen, und kaum war er – an beiden Beinen schwer verbrannt – zurück, brach schon das Dach zusammen. An fünfzig Häuser, lange Straßen, brannten lichterloh. Vor Hitze konnte es niemand mehr aushalten. Es drängten alle nach dem Markte, dort stand auch alles, was gerettet war, und auch die Spritze war hier aufgestellt. Wer aber hätte es beachtet, daß der alte M. Karl vor Aufregung und Eile seine Lederhose umgekehrt anhatte und daß bei ihm mit jedem Niederdrükken der Spritzenstange der Hosendeckel hinten auf- und zuklappte?“

Neben der Zinnkrone wurden der Leuchter für das Heiligabendlicht, mein Mettenleuchter, ein großes rundes Zinntablett und noch ein schön geformtes Salznäpfchen gescheuert.

Der große Standleuchter fürs buntbemalte Heiligabendlicht aus Talg erweckte schon am Scheuertage den Vorgeschmack des reichen Heiligabendessens. Zu dieser Mahlzeit, bei der die frische Heiligabendkerze auf dem Tische brannte, mußten stets neun Gerichte aufgetragen werden; denn jedes war bedeutungsvoll:

1. Gesüßte Semmelmilch oder Warmbiersuppe mit Korinthen und geschnittnen Mandeln – „domit de Nos net troppt im neie Gahr".
2. Weißkraut mit Schöpsenfleisch – „domit än'n 's Labn net sauer werd".
3. und 4. Linsen und Knödel – „döß än'n 's klaane un a gruße Gald net fahlt".
5. und 6. Bratwurst mit Sauerkraut – „doß m'r Harzhaftigkat un Kraft bewahrt".
7. und 8. Pilze und Schweinebraten – doß än'n 's Gelück trei blebbt".
9. Apfelsalat und anderes Kompott – „domit m'r seines Labns sich freie ka". – Im Tischtuch eingeschlagen mußte das Heiligabendlicht samt Brot und Salz während der heiligen Nacht – „für abgeschiedne Seelen" – auf dem Eßtisch bleiben.

Mein Mettenleuchter malte mir im Geist das Bild der lichterfüllten Kirche, in der

Christmettengang in Seiffen. Zeichnung von Alfred Hofmann-Stollberg

sich dicht die Menschen drängten. Ein jedes hatte seine eigne Kerze vor sich stehen. Zu Dutzenden hockten die Flammengeisterchen auf dem Altare und den Glaskronen, die von der hohen Decke niederhingen. Und überall auf den Emporen saßen reihenweis die Lichtpünktchen, verklärten die Gesichter, die man alle kannte, und weckten in den Augenpaaren neuen Glanz. Als kleiner Knirps schon fühlte man sich als ein unentbehrlich Glied des Ganzen, weil auch die eigne Kerze, die man mitgebracht, zum allgemeinen Festesglanz mit beigetragen hatte. Und wenn der Geistliche das Weihnachtsevangelium auslegte: „Und Gott sprach: Es werde Licht! – und es ward Licht" – da konnte er ganz unbeschadet über die naiven Kinderköpfe wegreden – die Herzen blieben doch erhoben. Die Hunderte von Flammenseelen, die andachtsvolle Wesen zu des Höchsten Preis in heiliger Winternacht mit eigner Hand herbeigetragen hatten, führten das Denken und das Fühlen von ganz allein empor zum Quell des Lichtes und füllten alle Seelen mit echtem Weihnachtsfrieden und heilighohem Klingen.

Das große Zinntablett ist 1796 in die Familie gekommen. Vom oftmaligen Scheuern ist der gravierte Kranz der Blätter und der Blumen nur noch in feinen Linien zu sehen. Auf diesem großen Rund wurden am Weihnachtsmorgen die langen, breiten Schnitten des größten Butterstollens aufgetürmt. Gleich nach dem Aufstehen, noch ehe man zum Kaffeetisch sich setzte, mußte ein jeder Hausgenosse ein Stück von der zuhöchst gelegenen Schnitte abbrechen und zu dem Gläschen guten Kümmel essen, das ihm die Mutter einschenkte, – „doß mr im nächsten Gahr känn Schoden nimmt", erklärt der gute Glaube.

Mit hoher Ehrfurcht und geheimem Grauen wurde von mir in meiner früheren Kinderzeit das hohe Salznäpfchen betrachtet. Ich sah in ihm die unheimliche Macht verkörpert, der in den großen Schicksalsstunden das Recht zustand, Tod oder Leben zu gewähren. Am Weihnachtsabend war durch dieses Näpfchen die Frage an das Schicksal frei. Es ward mit Salz gefüllt, ein Brettchen aufgelegt, das Ganze umgekehrt und nun das Näpfchen abgehoben. Wer leben bleiben sollte, wurde mit einem schön geformten Salzkegel beglückt; bei wem das Salz nur lose aus der Hohlung quoll, den holte nächstes Jahr unweigerlich der Knochenmann mit seiner Sense. Bis in das zwölfte Jahr habe ich an das Orakel fest geglaubt. Ich hatte ja als Siebenjähriger die fürchterliche Richtigkeit erfahren. An jenem Weihnachtsabend stellte mein Vater jene Frage an sein Leben, der Kegel stürzte ein, und siehe da – ein halb Jahr später war der gute Vater tot. Kein Preis der Erde hätte in den nächsten Jahren mich bewegen können, am Weihnachtsabend „Salz zu häufeln". Den vielen Neckereien gegenüber gab ich endlich einmal nach. O Mitgeschick! Verwünschte Formenlosigkeit! Ein ganzes Jahr lang trug ich Sorge um mein Leben. Dann aber war des Zaubers Macht gebrochen. Das Salzorakel hat für mich seitdem für immer ausgespielt.

Noch heute ist das alte Weihnachtszinn mir lieb und wert. Es nimmt den Ehrenplatz in meiner Wohnung ein. So mancher alte Brauch und Aberglaube hat freilich weichen müssen. Doch wenn in winterstiller Dämmerstunde der weiche Glanz die letzten matten Tagesstrahlen fängt und im verklärten Schimmer widerspiegelt, dann lockt es mich in seinen Bann, und selige Erinnerungen ziehen auf. –

Beim Gang einer Pyramide

Walter Mitscherling

Weihnachtlich im Kreise
die Gestalten gehn,
ohne Rast, doch leise
sich die Scheiben drehn.
Ihre stille Weise
unser Leben lehr,
daß es einzig kreise
um des Christkinds Ehr'.

Weihnachtspyramide in Göpelform mit Bergparade und zwei Spanbäumchen. Eine zeitgenössische Arbeit, noch vor wenigen Jahren im Handel befindlich

Weihnachten im Erzgebirge

Friedrich Emil Krauß

„Feierohmd“, sagte Meister Voigt. Ein merkwürdiger Feierabend: er setzte einen alten Hut auf, krempelte die Ärmel hoch und wendete die Werkstatt beinahe um. Er musterte die Hölzer; die „halbschierigen“ kamen in die Schupp, die schlechten Brocken in die Kiste zum Feuerholz. Der Nagelnapf wurde umgekippt, ausgeblasen und alles das weggeworfen, was im Laufe des Jahres zu Unrecht hineingeraten war. Er sortierte die breite Rinne in der Hobelbank leer, die Schneiden der Stemmeisen wurden am Saunabel eingefettet, im großen Hobel ließ er das Eisen nach und nahm dem Seil der Handsäge die Spannung. „Itze ham mersch“ sagte der Meister, schwenkte mit seinem Schnupftuch den Staub von den Fensterkreuzen, hängte den alten Hut an den Nagel, band die Schürze ab und ging in die Stube.

Ein Schnitzer arbeitet an einem Leuchterengel, Holzschnitt

Dort hatte meine Großmutter mit ihren Maaden „raaneviert“, als müsse man das Mannsvolk weit übertreffen. Der Alte hatte es immer noch beim Trocknen bewenden lassen, die Frauensleute aber ließen keine Ecke unbenetzt. Jeder Schub wurde naß abgerieben und bekam neues, gezacktes Papier. Die Tischplatte und der Fußboden wurden abgewurzelt wie eben nur einmal im Jahr. Die Bretter verloren nach und nach ein wenig die Glätte, wurden schwielig und rissig, aber auch immer heller, mit einem Schein ins Silbrige. Es gab Kartoffeln und „Eitunk“; bald gingen die müden Voigte zu Bett und dachten, auch wenn sie nicht davon sprachen, an den morgigen Abend. „Minna, Anna, när's beste Struh!“ sagte Meister Voigt am nächsten Morgen, prüfte streng und ließ jede Schütte durch seine Hand gehen, „weil's fürs Bornkinnel ist“. Drum breiteten sie ihr schönstes Haferstroh auf den hellen Dielenbrettern aus und warteten andächtig auf den Abend. Am Abend brannte der große Leuchter mit allen seinen messingnen Lämpchen. Darunter saß die ganze Familie: die Klöße dampften. Neunerlei stand auf dem Tisch, niemand stand auf, ohne sich hindurchgegessen zu haben. Auch den Hirsebrei mußten alle kosten, damit stets Groschen in der Lade klapperten im neuen Jahr.

Das Stroh knisterte, es roch ein wenig nach Stall; der war ja gleich neben der

Stube. Nach dem Essen wurden Brot und Salz in das Tischtuch eingeschlagen; der Vater tat es selbst. Die Mutter ging leise hinaus und kam mit einer vollen Schürze zurück. Gleich ließ sie ihre Gaben ins Stroh purzeln: Strümpfe, Handschuhe, einen Rock, für den Jungen ein Paar Stiefel, für den Vater eine neue blaue Schürze. Alles war fein säuberlich in Päckchen mit Namensschild verpackt. Jedem war eine versteckte Walnuß beigefügt, die wie pures Gold leuchtete und sogar noch ein wenig Gold für die Fingerspitzen hergab. „Vergaßt ne Stall net", sagte der Vater. Da wurden die Kühe, die Kälber und Schafe beschenkt mit einem Butterbrot, das mit Nußkernen belegt war. Die Tür zum Stall blieb nun offen. Sie sangen die alten Lieder. Es roch nach Weihrauchkerzen, dem schönsten Zopf Angelika, der am Ofen hing, und auch ein klein wenig nach der Tobakspfeife des Vaters (ich glaube, in seine Schürze war keine Nuß, sondern ein Beutel mit Tabak eingewickelt). Der Alte sang nicht immer mit, aber er hantierte mit seiner Pfeife wie mit einem Taktstock, und zuletzt erzählte er von den Weihnachtsfesten seiner Kindheit. In dieser Nacht schliefen sie alle im Stroh, die Mädchen ganz nahe bei der Mutter. Ich weiß, wie kurz die Nacht war, meine Mutter hat es mir so oft erzählt. Ein Kind um das andere wollte wissen, „ob es Zeit sei". Es war noch nichts vom Tag zu spüren, als sie alle mit ihrem Licht, einem einzigen für die Familie, zur Metten aufbrachen.

Gleich nach dem Mittagessen durften alle Kinder zu einem Nachbarn gehen, zum Hähnel Edeward. Seit Wochen wußten sie, daß er seine Krippe aufbaute und daß wieder etwas Neues dazugekommen war.
Es war schwer in die Stube zu kommen, so überfüllt war sie; den halben Platz nahm ohnehin die Krippe ein. Die Kinder standen sich geduldig durch. Mild flackerte das Licht der kleinen Rüböllampen. Die Bergleute, die Bauern, die drei Könige, die Schäfer und die Hirten kamen allesamt zum Christkind. Ein Hirte hatte ein Schäfchen um den Hals gelegt, und ein Bergmann hatte ein Stück Silbererz „Rotgüldenes" in den Händen. Beim alten Julius ging's mit Elefanten, Löwen und großen, bunten Vögeln an. Beim Schmied war alles gangbar: der Himmel tat sich auf, der große Engel schwebte herunter und wieder hinauf und drehte sich an seinem Faden. Vorn am zinnernen Zaun stand eine Sparbüchse. Wenn sie oft klapperte, sagte der Schmied: „Itze will ich emol e paarn's Wark zeigen" und nahm drei bis vier Kinder mit hinter den Vorhang, an dem er immer stand und hinter dem er gelegentlich verschwand, wenn es unten verdächtig ratzte oder etwas Gangbares „treten" blieb. Beim Nachhausgehen ging jedes einmal ums Häusel. Dort hing das große Treibgewicht zum Fenster hinaus. Man konnte nicht sehen, daß es sich bewegte, aber die kleinen Jungen wußten, wie hoch es zu Mittag gehangen hatte.

Als Schuljunge, vielleicht in der vierten Klasse, begann ich meinen Weihnachtsberg aufzubauen. Jedes Jahr wurde er vergrößert und verbessert, wenigstens lag das in meiner Absicht. Am Anfang war nur ein großer, ausgehöhlter Wurzelsack von einer Fichte dagewesen, in dem unten wie oben zwei Bergleute hackten. Deren Arme waren drehbar und wurden von hinten mit einem Exzenter angetrieben. Später kamen ein Stollen dazu, dessen Türe sich vor dem

Grubenlampe (Schneeberger Blende)

ausfahrenden Bergmann öffnete, und dann eine Wasserkunst, die – wie das ganze übrige Werk – mit einer kleinen Dampfmaschine angetrieben wurde. Meine Mutter wollte mir die „Matscherei“ ausreden; aber wer bringt einen Vierzehnjährigen von seinen technischen Ideen ab! Einmal hatte ich Freundschaft geschlossen mit einem Waldarbeiter, einem Steinbacher. Wir hatten ein Winterlager lang bei ihm gewohnt. Er nahm mich mit zu der Waldarbeiter-Weihnachtsfeier. Wir gingen lange durch Gestrüpp und Wald. Wir liefen irre, meinte ich immer, der alte Teubner war aber seines Weges ganz sicher. Endlich hörten wir Stimmen: „Glückauf, Henner, Dav, Hart ...“ und wie die alten „Zapfen“ alle hießen. Mitten im Wald hatten die rauhen, gebirgischen Männer die hohen Bäume gefällt, daß eine kleine Blöße entstand. Auf dem freien Fleck hatten sie eine kleine Fichte stehenlassen, sie mit Kerzen besteckt, und diese Kerzen brannten, die Männer sangen und rauchten, und manchmal machte auch die Angelikaflasche die Runde.

Viel später durfte ich zu den Bergleuten auf „Vereinigt Feld am Fastenberge“, kürzer gesagt bei den Johanngeorgenstädter Bergleuten, zur Mettenschicht kommen. Es wurde vorgelesen, gesungen, rauh und herzlich, natürlich auch getrunken, daß der Schenk kaum zu eigenem Schluck kam. Viele Zigarren wurden geraucht, die der Bergdirektor mitbringen mußte, ein Brauch von alters her. Ich kann die Einzelheiten des bergmännischen Weihnachtsglückes in der Erinnerung kaum noch unterscheiden. Ich sah die herrlichen, erzgebirgischen Schwibbögen unserer Bergleute brennen im Grenzschacht und ließ mir, als die Kerzen flackerten, im Brand von den Tabakswolken ein wenig behindert, des Schwibbogens mild erhellte Geschichte erzählen: Wenn ein Bergjahr glücklich zu Ende gegangen war, hängten ehedem die Bergleute ihre Blenden an den

Alter erzgebirgischer Schwibbogen aus dem Stadt- und Bergbaumuseum Freiberg

Schwibbogen, den großen, hölzernen Schwebebogen am Stolleneingang. Hat dann nicht ein Bergzimmerling den Schwibbogen auf den Tisch des Zechenhauses gestellt, als der Stollen ausgemauert wurde, und die kleinen Rüböllämpchen aus den Blenden daran befestigt, bis sie später gegen Talglicht ausgetauscht wurden?
Späterhin ließ es den Bergschmied nicht ruhen, auch einen Schwibbogen für die nächste Bergmette zu schmieden. Es hieß, der Berghauptmann käme; und der hölzerne Bogen war schon so abgebrannt. Als ich ihn sah, hat er vielleicht zum zweihundertsten Male gebrannt, der älteste eiserne Schwibbogen von Johanngeorgenstadt.
Tausend Pyramiden brennen um Weihnachten droben in den Bergen. Des Erzgebirgers schönste Weihnachtsstunde ist wohl die, wenn er die Pyramide fertig hat, die Späne von der Schürze schüttelt, Frau und Kinder ruft, die Kerzen ansteckt und der untersten Drehscheibe einen kleinen Stoß gibt:
Im Arzgebirg is's wahrlich schie, wenn's ober stürmt und schneit,
un wenn de Peremett sich dreht, is unsre schönste Zeit!

Steiger in Paradeuniform mit Kerze

Verschneiter Weihnachtsschwibbogen in Thum

Vür Weihnachten in Gebörg

Stephan Dietrich (Saafnlob)

Wenn uhm bei uns Weihnachten kimmt,
dös is e gruße Fraad!
Do freie sich schu wochenlang
de Gunge un de Maad.
Do werd geschanzt un werd gewörgt
bis in de Nacht fei nei . . .
is möcht doch, wenn Weihnachten
kimmt,
aa allis fertig sei.

Do huln mer uns in Wald en Baam
un baue'n Winkel auf.
Do stell'n mer'n Goseph un sei Fraa
mit ihrn klenn Gungl drauf.
De Hirtn knie drüme rüm
un baatn 's Kinnel aa.
Un aus dr Höh de Engelschar
singt Hallelulija.

De Weisen aus ne Morgneland,
die kumme amaschiert.
Dr Gruße hot fei die Fichurn
erscht ganz frisch alackiert.
Ganz uhm marschiern de Bargleit auf
un fahrn is Silber aus.
Un hinnern Wald, do guckt verstuhln
e Rehfamilie raus.

Alle Jahre wieder: die Pyramide wird aufgebaut

Dr Stülpner Kar derf aa nett fahln,
dar schießt de Hirschen o,
un aus dr Höh ganz sachte schwebt
e grußer Engel ro . . .
Dr Voter baut e Uhrwark ei,
nooch laafen die Fichurn,
als wärn se grod esu wie mir,
labandig mol geburn.

Dr Paul dar hult de Peremied
un balanziert se aus.
Derweile packt de gruße Maad
de Schof un Hirten aus.
Dös sei eich ober Staatsfichurn
un mit dr Hand geschnitzt!
Do hot dr Voter Tog üm Tog
gepitzelt un geschwitzt.

De Anna steckt de Lample na
un hängt de Engeln nauf.
Un wenn nu allis fertig is,
kimmt's Flügelrod uhm drauf.
Nooch dreht sich schu de Peremied,
dr Voter schmunzelt fruh,
un allis freit sich ümedüm,
dös is dr schennste Luh.

De Kinner putzn's Baaml aa
mit schiener weißer Watt,
se hänge Zuckerringle na,
dös is e wahrer Staat.
De Mutter, die hot viel ze tu
mit ihrer Backerei,
is kimmt doch in en Weihnachtsstolln
'n Haufen Zeig aa nei.

Is Mannelschnappn, dös macht Spaß,
do half ich immer garn.
E mannichsmol tut su e Kern
nei's Maul sich mit verirrn.
Ja, wenn nooch allis fertig is,
de Stubn schie raa gemacht,
nooch kaste kumme, Heilger Christ
mit deiner Weihenacht!

Wenn sacht de Peremied sich dreht
un's brennt dr Tannebaam,
un auf ne Tisch e Bargmaa stieht,
nooch is als wie e Traam . . .
An unre goldne Kinnerzeit,
do denkt mer nooch zerück.
War su Weihnachten feiern tut,
erlabt is schennste Glück.

Drum loßt dös gruße Wunner uns
ihr Leit, erlabn aufs neie.
Kummt, loßt uns wie de Kinner heit
auf unre Weihnacht freie.

Dieser Text wurde von Rudolf Mauersberger als vierstimmiger Chorsatz vertont und 1963 in Dresden uraufgeführt.

Rupperch, Rupperch, böser Bube,
steck mich in 'ne schwarze Stube,
wirf mir Nüsse und Äppel nein,
daß ich auch kann fröhlich sein.

Rupprecht, Rupprecht, Dörnerbesen,
bist de in der Stadt gewesen,
hast de mir was mitgebracht,
ei, das hätt ich nich gedacht.

Rupprich, Rupprich, böser Bu,
steck mi nei deine Lodenschuh,
steck mi nei dein Hühnerloch,
laß mi stecken die ganze Woch.

Rupprich, will dr mol wos sogn

Du lieber guter Rupperma,
kumm sei aah bei mir miet ra.
De kimmst vun Nachber Lötsch dorüber,
denn wie hinüber, fährt sich's rüber.
Will dr aah mol wos sogn,
wos mei Mogn ka vertrogn:
Äppeln, Karpen, Butterstolln
un Nüss, die in Sack rümrolln.
Meine Strümp, die sei zerrissen
un de Stiefeln habn de Mais zerbissen.
An de Husen faahlt's mir noch,
un in menn Hemm hob ich e grußes Loch.

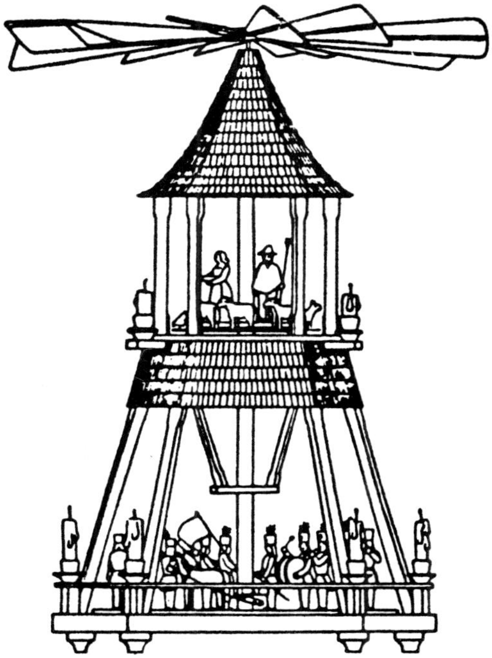

Schematische Darstellung einer Göpelpyramide

Liedpostkarte des erzgebirgischen Volkssängers Anton Günther (1865–1937) von 1907

O selige Weihnachtszeit

Anton Günther

Ihr Leitle, freit eich alle,
Guckt naus, wie's draußen Graipele schneit!

De Weihnachtszeit is komme,
vergaßt alln Zank on Streit!
O selige Zeit, o Weihnachtszeit!
Du brengst ons wieder Frieden,
machst onner Harz voll Lust on Freid.
O selige Weihnachtszeit!

Wie glänzen hall de Lichtle
verstuhln aus jeden Fasterle raus;
denn's zieht durch jeden Stübel
's Bornkinnel ei on aus.

Horch, wie de Glocken klinge
ons zu in stiller, heiliger Nacht;
on fromme Kinner singe:
Eich is heit Frieden gebracht!

O komm doch, heiliger Frieden,
on klopp an jeden Fansterle a,
zieh ei in alle Herzen,
doß jeder singe ka: O selige Zeit –

Anton Günther als gedrechselte Figur von Erich Reuther

„Plitz-Platz, Flaaderwisch,
draußen is mir'sch gar ze frisch,
will mich in dr Stub neimachen,
will saah, wos de Kinner machen . . ."

„Du lieber guter Rupperma,
wos werscht de mer beschern?
Enn grußen, grußen Butterstolln,
dan waarn mer schu verzehrn!"

Seid friedlich, ihr Leit!

Anton Günther

1. Of Wies on Wald liegt weiß der Schnee,
in tiefen Tol, of luftiger Höh,
aus'n ärmsten Hüttel, in klennsten Haus
guckt aah e Lichtel raus.
Seid friedlich ihr Leit, reicht eich de Hand,
schließt fester noch es Freindschaftsband,
es is ja Weihnachtszeit, es is ja Weihnachtszeit!

2. Es freit sich alles, arm on reich,
de Weihnachtszeit macht alle gleich.
Der heilige Christ kömmt überol hi,
mer muß ne när racht verstieh.
Seid friedlich, ihr Leit, reicht eich de Hand . . .

3. Hall glänzt e Lichtel of'n Baam,
de Kinner spieln in Winkel dernaabn.
Of'n Krippel halten de Hirten Wacht
in stiller heiliger Nacht.
Seid friedlich, ihr Leit, reicht eich de Hand . . .

4. Gar manicher ruht in Frieden aus,
kehrt nimmer zerück in Elternhaus,
doch's glänzt e Stern in heiliger Nacht,
daar hot ons enn Gruß gebracht.
Seid friedlich, ihr Leit, reicht eich de Hand . . .

5. Verzogt när net, de Zeit vergieht,
singt fröhlich heit e Weihnachtslied!
Wenn de Menschen wieder zefrieden sei,
kehrt aah der Frieden nort ei!
Seid friedlich, ihr Leit, reicht sich de Hand . . .

Ganz sachte kimmt de Winternacht

Manfred Blechschmidt

Ganz sachte kimmt de Winternacht
vun drubn, dan Bargen rei.
De erschten Stern sei agemacht,
nu werd's ball finster sei.
Un ümedüm of Wies un Baam
do liegt daar weiße Weihnachtstraam
un brengt uns wieder Weihnachtsfrahd:
kumm Ma, kumm Gung, kumm klaane Mad,
mer fahr zer Mutter heit ehamm,
zer Mutter heit ehamm.

De Mutter, die werd glücklich sei,
se ist doch sist allaa.
Mir stürme bei dr Stubntür nei!
Möchte ihre Aagn dann saah!
Ringsümedüm is Weihnachtspracht
un in uns klingt e Lied, dos macht,
wall alles tackt voll Weihnachtsfrahd!
Kumm Ma, kumm Gung, kumm, klaane Mad,
mer fahrn zer Mutter nu ehaam,
zer Mutter nu ehamm.

Weihnachtspyramide. Zeichnung von Heiner Vogel

Mettenschicht

Walter Fröbe

Am Tage vor dem Heiligen Abend feiern die Bergleute ihre Mettenschicht. Ich weiß nicht, ob mein Vater diesen Brauch im hiesigen Revier hatte wiederaufleben lassen oder ob er ihn noch lebendig vorfand. Gewiß ist, daß er ihn sorgsam pflegte wie jede alte bergmännische Sitte. Für ihn war alles bergmännische Brauchtum eine Gegebenheit des Berufs wie Bergmannssprache und Bergmannsgruß.

Mettenschicht! Dazu gehörte der ganze vorweihnachtliche Zauber: Schneeflokken, Duft des bereitstehenden Christbaums, Weihnachtslieder und Weihnachtsvorfreude.

Wenn die Abenddämmerung kam – oft legte sie dem verschneiten Gebirge einen Reif flüssigen Goldes über seine Wälder – am Tag vor der Christnacht, dann zog der Vater seinen Pelzmantel an, stülpte die Pelzkappe über und nahm ein sorgsam verschnürtes Päckchen in die Hand. Draußen wartete der Schlitten, der uns mit Schellengeläut über verschneite Wege hinausführte ins Revier. Wie eine schwarze Mauer steht der Wald über dem Schneehang droben mit den letzten Schleiern des Abendrots in den Wipfeln. Wir steigen aus und stapfen den Häuersteig hinauf. Und dort, wo er die ersten Fichten des Stangenwaldes erreicht, schimmern zwei Grubenlichter! Zwei Bergleute von der Belegschaft sind es, als Ehrgeleit vorausgeschickt, um uns zu erwarten und zur Kaue zu begleiten.

Der Gruß wird getauscht. Glückauf! so ruft der Bergverwalter mit seiner freundlichen, hellen Stimme; Gelickauf! antworten die beiden Häuer. Ihre Blenden sind leuchtend blank geputzt. Die Flämmchen der Rüböllampen spiegeln sich in dem Messingbeschlag.

Nun geht es schweigend und ohne Hast über knirschenden Schnee den blinkenden Pfad hinauf zur Kaue. Die sendet ein eiliges Holzräuchlein aus ihrem Schornstein ins Fichtengeäst, das fast über dem Dach der Kaue zusammenschlägt. Funken blitzen darin auf, so groß ist die Glut, die man drinnen am Herd schürt. Das einzige Fenster der Kaue, nie geputzt und gewaschen, heute blitzt es und flimmert uns aus dem Dunkel entgegen.

In der Kaue aber – ja, da ist Weihnacht! Ist's auch nur ein Bretterhaus, vollgestopft mit Gezäh, frischgeschärftem und bergfertigem, mit Hölzern und Balken, Stufen und Erzproben, dazu angeräuchert vom Herdfeuer, das Tag für Tag im offenen Brand den Vesperkaffee wärmt oder die Ziegenmilch, heute schimmert ihr Raum im Lichterglanz der Mettenschicht! Und wie festlich strahlt er, ob-

Alte Grubenlampen („Froschlichter")

wohl keine Hausfrau ihn geputzt und gesäubert. Spinnweben und Staub sind noch da, wie sie eben immer da waren, der rohgezimmerte Tisch, braun und okkerfarben, glänzt nur an den Stellen, wo der Kittel der vespernden Häuer ihn wetzte. Von der Decke baumeln an langen Stricken die Bündel mit Vesperbrot, im bunten Schnupftuch verknotet oder auch in dem mageren Rücksäckel geborgen, mit Grubenlichtern und mit Zündschnur. Denn gerade jetzt sind die Mäuse besonders hungrig und aufs Knabbern erpicht, und die Kaue ist ihre einzige Zuflucht weit und breit.

Just darum aber, weil alles so steht und liegt, sich sperrt und räkelt wie sonst, ist's in der Kaue doppelt weihnachtlich. Denn schau nur zu, was die Häuer aus ihr gemacht haben, damit sie ihre Mettenschicht feiern können!

Grüne Fichtenzweige stecken allenthalben an den Wänden. Sie atmen ihren harzigen Duft in den Herdrauch, der auch heute an der Decke hängt. Auf den rohgezimmerten Gesimsen, neben den berußten alten Kochgeschirren, die irgendein Stück Grubenholz als Stürze deckt – sie werden sonst unfreiwillig zu Mäusefallen – hängen die Blenden, blankgeputzt, mit schwelendem Docht. Auf den Querhölzern am Fenster und rund um das Stollenmundloch, das in diese Welt hineinschaut, stehen brennende Kerzen, Dreierlichter, Lichtstümpfchen. Das blakt, schwelt und knistert. Über dem Tisch hängt die Bergspinne, selbstgefertigt, wie du bald siehst. Ursprünglich war es ein alter rostiger Faßreifen; sie haben ein paar Holzpflöckchen drauf geschnitzt als Lichterhalter, ein paar Tannenzapfen hängen daran. Vor wenig Tagen lagen sie noch im Walde, ebenso wie der Reifen in der Ecke, bis einer der

Geschnitzte Bergleute und Berghandwerker, um eine Fundstufe geschart

Häuer alles zusammenfügte, mit zwei Böhrerstricken an die Decke hing und damit die Bergspinne schuf. Das Funkelndste aber ist die flammende Inschrift über der Tür: rot und grün die Buchstaben, aus einem alten Pappdeckel geschnitten, dahinter ein Licht gestellt. Die Flammenschrift ist fertig. Glückauf! so liest du. Und je nachdem das Lichtlein dahinter ruhig brennt oder flackert, so siehst du die Inschrift bald strahlig, bald matt nur glänzen. Ja, Glückauf zur Mettenschicht und zum Neuen Jahr! Denn wer weiß, wie lange die Zeche noch gängig und die Arbeit in der Grube „Gäle Börk“ anhält, wo sie nun schon Jahr für Jahr vergeblich auf den großen Anbruch warten. Da heißt „Glückauf“ das tägliche Brot, Ausbeut, Arbeit. Und frag nur die einzelnen Häuer, was das für sie bedeutet. Sie haben alle daheim einen Tisch voller Kinder. Da heißt es: Voter, schaff Brut!

Heute freilich – zur Mettenschicht –, da gibts keine Not. Auf dem Herde – die Flamme brennt frei im Raum, und nur teilweise gelingt es dem darübergelegten Blech als Rauchfang, den Rauch in die Esse zu führen – kocht das Wasser für die Würsteln, Äpfel schmoren da-

Bergmännisches „Froschlicht" mit Randverzierungen

neben und wackeln zischend von einer Seite auf die andere. Kannen voller Bier stehen in der Ecke. Der alte Schäfer-Franz ist gerade dabei, die selbstgefertigten Raacherkerzeln anzuzünden; sie sind von einer erstaunlichen Größe und dampfen ganz gewaltig. Nur ihr Geruch ist nicht immer der beste. Da tritt der Bergverwalter in die Kaue.

Mit einem Glückauf! begrüßt er die Häuer. Sie erwidern den Gruß. Der Vater setzt die brennende Blende auf den Tisch, zieht den Pelz aus, setzt sich und schlägt das alte Gesangbuch auf. Die Mettenschicht hebt an.

Nun rücken sie auch an den Tisch, die Häuer. Einer räuspert sich. Ein andrer überschaut prüfend noch einmal die brennenden Lichter. Ein Mäuslein huscht über die Deckbalken. Ein paar feine Stäubchen wehen hinter ihm drein, sinken nach unten und fallen in die Flammen der Kerzen. Sonst ist's still. Da langen drei von der Mannschaft unter den Tisch, wischen sich den Mund vorsorglich und setzen die Posaunen an. Nun fallen die anderen mit ihren Stimmen ein. Soweit die Posaunen noch etwas hören lassen vom gemeinsamen Gesang, klingt er holprig und unsicher. Nur des Vaters helle, kräftige Stimme hält den Takt: „Nun danket alle Gott!"

Der Gesang ist zu Ende. Schweigend werden die Gläser gefüllt, hie und da ein wankend Lichtlein gestützt und ein Rüböllämpchen geschneuzt. Die Häuer schauen vor sich auf den Tisch. Was wird er nun sagen, der „Bargverwaller", der jetzt aufsteht, halblinks zum Stollenmundloch gewandt, aus dem die Wasserseige herausplätschert. Denn nicht nur zu ihnen spricht er, auch zu dem, der da drinnen haust und herrscht, seit es Bergleute gibt, zum uralten Berggeist der Teufe. Daß er gnädig ihnen gesinnt bleibe, der Uralte da drinnen, das wünscht er herbei, der Bergverwalter. Nicht gut stand es um die Fundgrube im verflossenen Jahr. Ausbeute hat sie nicht gebracht. Das Gangkreuz erwies sich als nicht höfflich. Möge er Gnade erweisen, daß sie im kommenden Jahr den rechten Gang anschlügen. Aber Dank sei ihm für das eine: daß er sie alle bewahrt habe vor den Gefahren ihres Berufs, so daß sie nun fröhlich Mettenschicht feiern könnten.

Seltsam, wie sich in diesem Bergmannsglauben der Herr da droben überm Sternenhimmel zum Berggeist der Tiefe wandelt, wie er Kutte und Fahrhaube überzieht und die Blende ansteckt, um auch über der Berge Geschick zu wachen. Es ist im Grunde immer der alte Text, der sich um den glaubensstarken Bergmannsspruch rankt:

Und wenn ihr in die Tiefe steigt,
So denket in die Höh;

Die Ansprache ist zu Ende, das Glückauf zur neuen Schicht verklungen. Die Häuer schmunzeln, weil es so schön gesagt war. Ein wenig verlegen sind sie, weil es so andachtsvoll und feierlich war. Mettenschicht ist's. Da wird auch ihnen das Lichtlein angezündet, das aller Welt leuchtet. Noch einmal wird gesungen. Sie wissen's, der Bergverwalter hält's hoch in Ehren, das alte Bergmannslied:

Glückauf! Glückauf! Der Steiger kimmt.
Und er hat sein helles Licht bei der Nacht
Und er hat sein helles Licht bei der Nacht
Schon angezündt . . .

Dann aber wird die Tafeln bestellt. Es geht an ein kameradschaftliches Essen und Trinken, hingebend und drum in aller Schweigsamkeit. Die heißen Würstchen dampfen, rohes gehacktes Fleisch kommt auf den Tisch, das in Stücke geschnittene schwarze Brot wird auf der Spitze des Taschenmessers nachgeschoben. Schweigend wird das Bier getrunken, wenn nicht mit einem Schnalzer, zum Zeichen, daß es mundete. Die Geste, wie mit dem Handrücken der Bart glattgestrichen wird, zeigt Behaglichkeit. Ein wenig linkisch ist die Hand, wenn sie in die Zigarrenkiste greift, die der Bergverwalter mitgebracht hat und die nun auf dem Tisch steht, jedermann bedienend.

Denn Zigarren rauchen sie sonst nicht; sie sind zu teuer, und auch sonst ist die Pfeife drunten vor Ort schneller weggesteckt, wenn „Gahles Gelächt" kommt. Beim Schmauchen kommt die Unterhaltung in Gang. Freilich ist es nicht leicht, die Häuer zum Sprechen zu bringen. Das Hochdeutsch des einen schließt dem andern leicht den Mund und die Mundart, schlecht gesprochen, erst recht.

O Seligkeit aber, wenn der Anfang gelingt und du das Gespräch in Gang halten kannst. Du kannst ein gut Stück Lebensgeschichte oder -alter bis zu den Altvordern hinabreichender Naturgeschichte ablauschen.

Der Ofen knistert. Überall brennen die Kerzen. Ein lieblicher Geruch der Rüböllampen liegt über dem Raum. Aus dem Stollenmundloch strömt der eisige Hauch des Gebirges, der Atem, wie ihn all die vorangegangenen Geschlechter verspürten, die mit Schlägel und Eisen scharwerkten.

Draußen steht die unermeßliche Wölbung des Sternenhimmels über Wald und Weite, und unter ihm schlafen die tiefschwarzen Forsten inmitten der Weihnachtslandschaft. Der Vater bricht auf. Der Pelz wird angezogen, die Blende vorgesteckt. Glückauf, Leute! Gelickauf, Harr Bargverwaller! Die Grubenlichter der zwei Ehrenbegleiter tanzen auf dem Schnee. Vom Guckäugel herunter weht's eisig. Schweigend geht's heimwärts durch den schlafenden Wald.

Und so war Mettenschicht, ein Jahr wie das andere, bis sie alle das Gezäh weglegten bei dem letzten großen Anbruch, der die Wand durchstieß zwischen dem Diesseits und Jenseits und ihnen das helle Licht ewiger Christnacht aufblinken ließ.

Schwibbogen-Scherenschnitt von Lilo Pannwitz-Oetterer

Variante des Seiffener Christmettengangs; Spielzeugmuseum Seiffen

Mettengang

Kurt Arnold Findeisen

Wenn ich mit meiner Christlatern
früh in die Metten geh,
da steht ein großer Funkelstern
am Himmel in der Höh.

Das ist derselbe Funkelstern,
der überm Kripplein stand,
darin Maria Gott den Herrn
in arme Windeln band.

Nun weiß ich, daß ich Gott den Herrn
mit eignen Augen seh,
wenn ich mit meiner Christlatern
früh in die Metten geh.

Rupprich-Vaarschle

Rupprich, Rupprich, guter Ma
saah mich net su finster a.
Steck doch när dei Rütel ei,
ich will e gutes Kinnel sei!

Dan König faahlt e Knopp
an senn Sunntigrock,
an Sunntigrock.
Er mog zen Schneider gehn,
daar mog dan Knopp annähn,
daar mog dan Knopp annähn,
dan Knopp annähn.

Rupprich, Rupprich, rachter Ma,
kumm fei aah bei mir miet ra,
ich hob die ganze Zeit versassen,
un dacht, du hast mich ganz vergassen.

Lieber guter Rupperma,
saah när mol dos Masser a,
ich möcht mir e Stückel Kuchn oschneiden,
derwalle muß ich Hunger leiden.

Rupprich, Rupprich, dürrer Baasen,
bist de in dr Stadt gewaasen?
Hast de mir nischt mitgebracht?
Nee, an dich ho'ch nich gedacht!

Rupprich, Rupprich, gerner Gast,
wenn de wos in dan Sacke hast,
kimmst de rei un setzt dich nieder,
host de nischt, do gist de wieder.

Rupprich, Rupprich, bieser Bub,
steck mich nei in Ufentupp,
steck mich net ze weit dort nei,
es möcht e bissel zu haaß sei.

Kimmt e Ma ne Bargel ra,
hot gewichste Stiefel a,
bäckt mei Mutter Hefenkließ,
kimmt dr Rupprich ganz gewieß.

Du lieber guter Rupprich, du,
wenn du kimmst, nort sei mir fruh!
Kumm ze uns ben Mandenschei
breng mit Äppeln un Nüsseln rei
un aah enn grußen Butterstolln,
dan mir alle gern hobn wolln.

Rupprich, Rupprich, Baasenstiel,
deine Kinner frassen viel,
alle Tog e Hefenbrut,
morgn früh sei se alle tut.

Rupprich, Rupprich, Luderbeen,
kimmst de ganze Nacht nich heem.
Hast zerrißne Husen a,
Strümp un keene Socken dra.
Will dr ne Schalle Kaffee kochen,
hast mer derweile in Topp zerbrochen,
ka'ch dr aah kenn Kaffee kochen.

Rupprich, Rupprich, böser Bu,
steck mich nei deine Lodenschuh,
steck mich nei dein Hühnerloch,
loß mich stacken de ganze Woch.

Rupprich, Rupprich, Lausepelz,
hast du wuhl Drack of denn Pelz?
Sisst mer daamisch dracket aus,
haa dich gleich zer Stubntür naus!

Rupprich, Rupprich, du mußt wissen,
meine Filzschuh sei zerrissen
un mei Kleed, dos hot e Loch,
un e Mannel brauch ich och!

Überliefert, mittleres und westliches Erzgebirge.

Große Schwarzenberger Weihnachtspyramide; Tuschzeichnung von Rudolf Trexler

Pyramide, Pyramide,
die als Traum in Holz entsteht;
lichtumglänzt und voller Friede,
und sich wie das Leben dreht.

Heinz Lauckner

Das lustige Weihnachtslied

Kurt Arnold Findeisen

Wenn's Weihnachten ist, wenn's
Weihnachten ist,
da kommt zu uns der Heil'ge Christ,
da bringt er eine Muh, da bringt er eine
Mäh
und eine schöne Tschingterätätä.
Eija Weihnacht, Weihnacht ist ein
schönes Fest, juchhe,
eija Weihnacht, Weihnacht ist ein
schönes Fest!

Und hinter ihm, eija! und hinter ihm,
eija!
Geleucht und Kling-Klang-Gloria:
Mit Lichtern in der Hand, mit Lichtern
in der Hand
der alte fromme Bergmannsstand.
Eija Weihnacht . . .

Die Pfefferkuchenfrau, die
Pfefferkuchenfrau
mit ihrem Mann aus Olbernhau;
er knackt ihr eine Nuß, er knackt ihr
einen Kern
und hat sie, ach, zum Fressen gern.
Eija Weihnacht . . .

Und Engel hinterdrein und Engel
hinterdrein
in Glitzerglanz und Kerzenschein,
die singen: Valeri, die singen: Valera,
der liebe Heil'ge Christ ist da!
Eija Weihnacht, Weihnacht ist ein
schönes Fest, juchhe,
eija Weihnacht, Weihnacht ist ein
schönes Fest!

Is Bleigießen

Stephan Dietrich (Saafnloob)

In Arzgebirg gibt's allerhand alte Braich su üm Weihnachten rüm. Aaner dr schennsten is is Bleigießen. Ich waß noch als klaaner Gung, wenn mei Vater allemol is Blei schu ne Heiligobnd vürmittig fertig gemacht hot. Do war ar ganz ernst bei dr Sach. Wenn's ne Heiligobnd Mitternacht geschlogn hatt, nort gung die Sach lus. Dos Blei wur nein dr Kuhlnschaufel gelegt, un die hot'r nein Ufen gehalten. Of dr Diel stund schi is Waschbecken voller Wasser. Nu hot'r gespannt, un mr sooch, wie dos Blei langsam zerloffen is un wie blanks Silber aussooch. In dr linken Hand hielt dr Vater en grußen Schlüssel, ober e Erbschlüssel mußt dos sei. Su an hattn mir von dar alten Truh vun dr Grußemutter in Schneeberg. Itze warsch esu weit. „Gitt wag, ihr Kinner", saat dr Vater. Nort nohm ar de Schaufel ausn Ufen, hielt ne Schlüssel übersch Waschbecken un ließ dos glühige Blei dorchn Schlüsselring laafen. Dos mußt ober fix gieh, domit kaa Gesprößl werd. Do machet dos haaße Blei in Wasser zschzschzschsch, un nort spannet unner Alter. Mir standen drümrüm wie de Ölgötzen un passetn auf, wie dr Vater dan Batzen Blei rausnohm. „Dunnerwatter", saat'r, „dos, dos is doch e Kopp vun en Löb. Wißt'r, wos dos ze bedeiten hot? Dr Löb is dr König dr Tiere, und dos bededt nu vür mir, doß ich noch zu Macht un Ehrn kumm in dan Gahr." Mir hamm nu is ganze Gahr dorauf gelauert, ober mir hamm nischt vun Macht und Ehrn gemerkt. Ober unner Mutter saat när immer: „Lacht när nett drüber, eier Vater glaabt nu aamal an die Sach, un emol werd's schu eitraffen, wie er sich's wünscht. När dra gelaabn muß mr."

Heit is dr Heilge Obnd, ihr Maad

Erzgebirgisches Volkslied um 1830

Heit is dr Heilge Obnd, ihr Maad,
kummt rei, mer gießen Blei!
Fritz, laaf geschwind zer Hannelies,
se soll bezeiten rei.
Trara tirallala, traratirallala,
trallala tirallala, tirallalalala.

Ich ho menn Lächter agezündt,
satt nauf, ihr Maad, die Pracht!
Do drübn bei eich is's racht fei,
ihr hatt e Sau geschlacht.

Satt a, ihr Maad, dos rare Licht
fer zweeazwanzig Pfeng,
ich muß meins in e Tippel stelln,
mei Lächter is ze eng.

Kar, zünd e Weihrauchkarzel a,
doß's nooch Weihnachten riecht,
un stell's hi of dan Scherbel dort,
daar unterm Ufen liegt.

Lott, dort'n of dr Hühnersteig,
do liegt menn Lob sei Blei;
Mad, rafel när net su dort rüm,
sist werd dr Krienerts schei.

Denn's Masvolk hot sei Frahd an wos,
sei's aah, an wos när will;
mei Voter hot's an Vugelstelln,
dr Kar daar hot's an Spiel.

Iech gießt fei erscht, wan krieg ich do?
Satt a, enn Zwackenschmied.
De Karli lacht, die denkt wuhl gar,
ich maan ihrn Richter-Fried?

Mer habn aah sachzn Butterstolln,
su lang wie de Ufenbank;
heit werd emol gefrassen waarn,
mir waarn noch alle krank.

Scherenschnitte zum Heilig-Obnd-Lied von Max Pickel, Lauter (s. auch Seite 122 und 124ff.)

Mer habn aah Neinerlaa gekocht,
aah Worscht mit Sauerkraut,
mei Mutter hot sich ogeplogt,
die alte gute Haut.

Rik, brock de Sammelmillich ei,
nasch ober net dervu.
Ihr Gunge, warft kenn Raschpel ro
ins Heilig-Obnd-Struh!

Waar gieht dä über Schwammetopp?
Nu, Hener, ruhst de net!
Nu wart när, wenn dr Voter kimmt,
mußt warrlich nauf ze Bett.

Naa, horcht när mol in Ufentopp
dos Rumpeln un dos Geign!
Na, wall's när net noch winseln tut,
bedett's aah kaane Leichn.

Ne Heilig Obnd ze Mitternacht,
do läft statt Wasser Wei,
un waar sich do net färchten tut,
hult mir een Topp voll rei.

Lob, hul gleich bei dr Hannelies
ne Voter e Kann Bier,
nort, wenn de kimmst, do singe mir:
„Ich freue mich in dir."

Aufgezeichnet von Johanne Amalie von Elterlein

Heilig-Obnd-Lied

Auswahl aus der Vielzahl weiterer Strophen

Dr Hannes, daar muß Prügeln kriegn,
dos is net racht un billig,
daar krabelt untern Ufen rüm
un sefft dr Katz ihr Millich.

Dr Sauerkraut- und Weihraachduft
durchzieht is ganze Haus,
dos is e rachte Weihnachtsluft,
ben Heilig-Obnd-Schmaus.

Fei Marzepa gibt's bei uns net,
un anneres Gelack.
De Kuchn un Stolln sei aah net fett
un machen kaane Flack.

Do drübn an Nachbersch-Wassertrug,
do stieht e grußer Ma,
un waar net rachte Tatzen hot,
dan läßt'r gar net na.

Un habn mer kaane Linsen kocht,
faahlt's ganze Gahr an Gald,
drüm kochen mer enn grußen Topp,
doß's nimmermeh dra faahlt.

Bei eich do drübn, muß aah schie sei,
ihr hatt e Sau geschlacht.
Ne Lechter hatt ihr agezündt,
dos is e wahre Pracht!

Ihr Kinner kummt vun Buden rei,
dos is es wahre Frahd!
Eich hot dr Rupperich beschert
e Pfannel Rauche Mad.

Nu is dr Heil'ge Obnd ihr Leit,
heit sei mer alle fruh.
Su strei mer in de Stöbn nei
e ganz Gebinnel Struh.

Dr Haarig is de Hauptsach fei
vun daare Kocherei,
un waar net Haarig assen ka,
daar muß net richtig sei.

De Maad, die springe hi un haar
un habn e halle Frahd.
Derwalle fällt e Tippel üm,
dös war de klaane Mad.

Nu sogt När mol, wu is de bluß
dr Krienerts un de Katz?
Die frassen aus enn Schalle dort,
nu härt när dos Geschmatz!

Ihr Kinner, gitt ze Bett nu nauf,
dr Saager zeigt schu aans.
Ob mer Weihnachten wieder derlaabn,
wie Gott will, su geschaah's!

Im Arzgebirg is wahrlich schie,
wenn 's draußen störmt un schneit,
un wenn de Peramett sich dreht
is un're schönnste Zeit!

Überliefert, mittleres und westliches Erzgebirge

Verschiedene Modelle der „Arche Noah" aus dem Grünhainicher Katalog 1900

Max Schreyers Heilig-Obnd-Lied

Ihr Kinner, brengt de Lichter rei,
dr Obnd, daar bricht nu a,
un tutt se in de Tille nei,
nort brennt eich aah nischt a!

Ich zieh geleich is Bargwark auf,
nu kumme se marschiert.
De Bargleit schreie Gelückauf,
wie sich daar Steiger rührt!

De Bargleit sei fei tücht'ge Leit,
dos waß e geds genungk.
E geder fängt vun klaaweis a
als armer Puchrichgung.

Satt hi, drübn macht dr Barggeist na
un schrackt de Gungebrut.
Wie daar de Leit verolbern ka,
dos tut enn orndtlich gut.

Dort fahrn e Stücker zaahne ei
tief nunter nei dan Schacht.
Miech brächt kaa Mensch die Fahrten nei,
wie ball sei die zerkracht.

Do sprenge se de Aarze o –
dos könnt'r alle saah.
Na, stürzt mer när dr Fahrt net no,
sist bracht'r Hals un Baa!

Geleich dernaabn is Pucherich,
ei, wie dos pucht un kracht.
Na, wall's när gieht, wie frei ich mich,
sist wür ich ausgelacht.

Guckt eich emol de Farschter a
mit ihrer wilden Gochd!
Satt, wie das Hirschel laafen ka!
Wie is daar Hos geplogt!

Ach, Mutter, ass mer dä noch net,
gieht's dä noch net ball lus?
Ihr Kinner plogt mich net esu,
sist kriegt'r fei kenn Kluß.

Mir habn heit Kließ un Sauerkraut,
un Sellerisulat.
De Klaane ißt de Kließ net gern,
die kriegt e Rauche Mad.

Dernoochert, wenn mer gassen habn,
gieht de Beschering lus.
Wißt mer doch när, wos werd mer kriegn?
Ich denk mer när – e Hus.

Du dummer Gung, bill dir nisch ei,
du wersch dir nischt derhuln.
Ich ruff eich schu ne Rupprich rei,
daar mog eich fest versuhln.

De Peremett will gar net gieh.
Wos habbt ihr dra gemacht?
Ihr Gunge, loßt ne Steiger stieh,
sist kriegt ihr Schöß, doß kracht.

Mei Mutter, wos waar iech dä kriegn?
Brengt daar e Dock miet ro?
Mei Kind, ich möcht dich fei belügn,
wart när dos Stündel o!

Waar ho dä Karzle agebrinnt?
Macht net ze viel Gestank!
De Mutter tut de Kließ schu nei,
nu dauert's nimmer langk!

Ach Voter, brenn ne Lichtbaam a,
's muß ball üm sechse sei.
Ben Nachber, wie mer merken ka,
huln se de Kließ schu rei.

Do gitt emol ins Stübel nüm,
guckt welle Zeit is wär,
doch reißt mer fei ne Barg net üm,
sist wär'sch e gruß Mallär.

Ach, Kinner, wenn zerück mer denkt,
wie mer e Gung noch war,
wos enn de Mutter su geschenkt –
's is fei schu mannichs Gahr.

Wos is dos fer Gebrüllerich,
wär'sch dä dr Rupprich lang?
Daar Boß, daar schreit fei gammerlich,
do werd enn angstebang.

Ach, Voter, mach, kumm fix gerennt,
ach, Voter, half när gleich!
In Stübel' drübn is Bargel brennt!
Dort brennt is Weihnachtszeig!

Du Ugelück, dos is mei Tud,
ich hob mer'sch ball gedacht.
I du verdorbne Gungebrut,
wos habbt ihr bluß gemacht!

Greift alle zamm, fix ausgehult,
un macht mer net viel Wark,
de Bargleit sei schu agekuhlt,
is raacht dr ganze Barg.

Du Ugelück, 's brennt lichterluh,
waar när gestorbn schu wär!
Ihr Kinner, begt när net esu,
sist kimmt de Feierwehr!

Du bieser Gung, du werscht su rut,
du hast dos agefacht.
Mei Voter, alls hot kaane Nut,
guck, schu is ausgemacht

Dos is esu, nu bi ich fruh,
doß mer'sch derstöbert hobn.
Nu loßt mer sei dos Licht in Ruh
sisst sollt ihr mich noch lobn!

Gung, grein när net un bi när still –
's is freilich schod üms Wark.
E anner Gahr, dos is mei Will,
bau ich enn neie Barg.

Nu oder kummt, nu gieh mer fei,
nu steckt de Lichter a.
De Mutter hult de Kließ schu rei,
setzt eich ans Tischel na.

Max Schreyer (leicht verändert und gekürzt, 1896)

„Christgeburt im Pferdegöpel". Scherenschnitt von Lilo Pannwitz-Oetterer

Vom Neunerlei

Olga Klitsch

Fünf-sechsmal hatte ich in diesem „Sommer", der eher ein grün angestrichener Winter war, Besuch aus der alten Heimat: liebe Verwandte und Bekannte, mit denen es sich herrlich „von früher" plaudern ließ. Und immer kamen wir bei diesen abendfüllenden Unterhaltungen auf „unsere" Weihnachten zu sprechen! Wie oft wurde da auch das „Neinerlaa" aufs beste aufgewärmt, manches aufgefrischt und dazugelernt.

Bei diesem Erinnerungs-Austausch erfuhr ich zu meiner Freude, daß die lieben Menschen an ihrem Neunerlei am Heiligen Abend festhalten, „weil es eben zu einem echten erzgebirgischen Weihnachten gehört".

Im alten Heiligohmd-Lied der Amalie von Elterlein wird es schon besungen:

„Mer hobn aa Neinerlei gekocht, aa Wurscht un Sauerkraut,
mei Mutter hot sich ohgeplogt, die alte, gute Haut!"

Ja, Sauerkraut gehört auf jeden Fall dazu; denn man bleibt gesund, wenn man es gerade am heiligen Abend ißt. Bratwurst oder ein Stück Schweinefleisch dürfen nicht fehlen.

Tiere aus den „drei Reichen", aus Erde, Luft und Wasser muß man verzehren, nämlich außer Schweinefleisch auch Gänsebraten, und wenn es schon nicht Karpfen sein kann, dann wenigstens Hering im sehr wohlschmeckenden Kohlrübensalat mit viel Zwiebeln. Zu dem allen gehören noch Rotkraut, Selleriesalat und – natürlich –, die unvermeidliche Leibspeise des Erzgebirgers: die „Grünen Klöße" aus rohen Kartoffeln, davon einige, als besondere Glücksbringer, mit einem Stück Bratwurst gefüllt.

Sie bedeuten nach der materialistischen Anschauung unserer Zeit das „große Geld", das das ganze Jahr nicht ausgehen soll, wenn man sich dies Gericht einverleibt. Ebenso darf das „kleine Geld" nicht fehlen und deshalb muß man Hirse oder Linsen essen. Etwas Quellendes muß es also sein, denn das verleiht Wohlergehen, Gesundheit, Gedeihen schlechthin. „Och, der alte Bampf!" sagten wir als Kinder, genau wie heute die meinen. Hirse hat neben den anderen gebotenen Herrlichkeiten nun einmal nichts Verlockendes. Aber ein paar Löffel müssen wir doch hinunterwürgen, da hilft alles nichts. –

Als Kompott werden meistens Heidel- oder Preißelbeeren oder auch Backpflaumen gereicht und den Beschluß – in manchen Familien beginnt man auch damit – bildet die Semmelmilch. Viele Nüsse gehören hinein; denn in ihnen ist ja neues Leben verborgen wie auch im Apfel. Wenigstens einen muß jedes Familienmitglied im Laufe des Heiligen Abends essen, um an diesen Lebenskräften teilzuhaben.

Die Semmelmilch wird gemeinsam aus einer Schüssel gelöffelt. Der Familienvater beginnt, dann folgt die Mutter und – dem Alter nach – die Kinder. Das geschieht schweigend im Schein des Heilig-Abend-Lichtes, das brennen muß, bis es von selbst erlischt. Den Milchrest trinkt der Vater zuletzt allein aus. Es ist, als ob die Familie mit diesem Semmelmilch-Essen einen feierlichen Umtrunk hält, um sich durch diese Gemeinsamkeit enger

miteinander zu verbinden und dadurch die Familienbande neu zu festigen.
Brot und Salz als wichtigste Nahrungsmittel dürfen bei diesem Festmahl nie fehlen. Beides bleibt, im Tischtuch eingewickelt, die ganze Heilige Nacht auf dem Tisch liegen, damit der Segen im Hause bleibt und nie Mangel herrscht.
Mögen auch diese Bräuche den Fremden seltsam anmuten, so liegt doch ein tiefer Sinn in ihnen verborgen, wenn es auch dem Ausübenden nicht mehr im ganzen Umfang bewußt ist. Sie werden auch heute noch von vielen Erzgebirgern, die nicht mehr in der alten Heimat leben, treulich bewahrt. Meine Kinder, die, wie ich selbst, im Elternhaus mit diesen Bräuchen herangewachsen sind, wollen sie auch jetzt nicht missen. Und ich bin froh darüber. –

Wir wissen, daß um dieselbe Zeit und auf die gleiche Weise, nämlich um 18 Uhr, wenn alle Glocken Weihnachten einläuten, unsre Lieben im Erzgebirge ebenso wie wir mit ihrem Festmahl zu feiern beginnen und fühlen uns so noch inniger miteinander verbunden.
Der besondere Geruch der Neunerlei-Gerichte erinnert uns auch im Laufe des Jahres an die Weihnacht daheim und an das erzgebirgische Weihnachtslied:

„Der Sauerkraut- un Weihrauchduft
dorchzieht es ganze Haus,
dos is de rachte Weihnachtsluft
ben Heilig-Ohmd-Schmaus. –
Dos Neinerlaa hot su geschmeckt,
ka Rast in Schüsseln stieht,
eh nu dor Tisch ward ohgedeckt,
sing mer e Weihnachtslied.“

Weihnachten im Gebirg

Friedrich Emil Krauß

Der Himmel is e Lichterbugn,
de hallsten Stern sei aufgezugn:
Weihnachten im Gebirg,
Weihnachten im Gebirg.

De Walt ist still wie in enn Traam,
in Schnee vergrobn sei Busch un Baam:
Weihnachten im Gebirg.

E Stern fällt do ins Herzel nei,
wie hall dos werd un fruh un frei:
Weihnachten im Gebirg.

Winterlandschaft am Fichtelberg

Schneeberger Turm-Glückauf

Glückauf! Glückauf!
Der Bergfürst ist erschienen,
Das große Licht der Welt!
Er heißet Rat, Kraft, Held!
Auf! eilt ihn zu bedienen.
Auf, Knappschaft komm zu Hauf!
Glückauf!

Glückauf! Glückauf!
Er wend von unsern Zechen
All Unglück und Gefahr!
Und laß in diesem Jahr
Reichhalt'ge Erze brechen,
Vermehr der Gänge Lauf,
Glückauf!

Die Schneeberger Turmsänger

Arthur Günther

Christnacht!

In Dunkel getaucht schläft die Stadt auf dem Berge und träumt ihr uraltes, ewig neues Weihnachtsmysterium.

Jetzt huschen Bergmannsblenden gleich Irrlichtern durch winklige Gassen. Alle strömen einem Hause in der Nähe der Kirche zu. Mit unzähligen Tassen dampfenden Kaffees wird hier die pelzvermummte Schar nach altem Herkommen bewirtet.

„Glückauf!" hallt's dem an Laternen reichen Zuge zum Turme von St. Wolfgang voran. Die Turmsänger sind's.

Huldigen sie doch immer noch alljährlich in der heiligen Christnacht dem uralten heimischen Brauche, singen Berg- und Weihnachtslieder zu Ehren des Weltheilandes vom hohen Turm nieder auf das weihnachtsselige Städtchen. Wohl an die hundert Mann: Sänger, Musikanten, Chorjungen! Manch greiser Veteran darunter, der schon über fünfzig Jahr beim Turmsingen mitgewirkt hat. Bei solch seltnem Turmsängerjubiläum setzt es als Belohnung eine Ehrenurkunde; in früheren, besseren Zeiten gab's sogar eine neue Pelzmütze.

Den letzten Mann hat das Pförtchen am hohen Wolfgangsturm geschluckt. Höher und höher blinzelt der Lichterschein durch die Mauerluken. Oben in der Kuppel wird's hell. Körper auf Körper zwängt sich durch das letzte Bodenloch. Prüfend überschaut der Chormeister noch einmal seine Getreuen. In hellen Schlägen kündet das Bergglöcklein die vierte nächtliche Stunde.

Ein Akkord der Musikanten! Der Chor setzt ein: „Stille Nacht, heilige Nacht!" Die heimlich süße deutsche Weihnachtsweise schwebt hinaus in die Winter-

nacht, senkt sich nieder auf die verschneite Stadt, die nun auf einmal mit hellen Fenstern heraufgrüßt. Uralte Chöre mit Musikbegleitung folgen: „Ehre sei Gott in der Höhe!“ Und
„Laut verkündet's die Trompete,
und die Pauke rollt es dir:
Jesus, den Gott auserkoren,
ist zu Gute uns geboren;
Jubel tönt von allen Seiten,
wir verkünden es mit Freuden,
laut verkünden wir es dir!“

Chorwerke, die unter strenger Hütung des Eigentumsrechtes handschriftlich von Generation zu Generation überliefert werden. Und nicht vielen Liedern wird eine Volkstümlichkeit beschieden sein wie dem bergmännischen „Turmglückauf“.

Mag auch der Wintersturm Schnee und Eis durch die Turmkuppel jagen, mögen die Instrumente der Musiker einfrieren, die wackre Schar hält aus, bis der letzte Ton verklungen ist und sich alles eilig wieder die engen Stiegen hinuntergezwängt hat. Denn jetzt geht's in die Christmetten . . .

Hütet eure Schätze, ihr liederfrohen Turmsänger, und bleibt, was ihr heute noch seid: ein Stück erzgebirgischer, bodenständiger Weihnachtsseligkeit!

Schneeberg zur Weihnachtszeit, gekrönt von der St.-Wolfgangs-Kirche

Nooch der Beschering

Max Wenzel

1. Langsam brenne alle Lichtle aus,
nooch dan Trubel werd nu Ruh im Haus.

2. Ofn Baam es letzte Lichtel zischt,
flammt noch amol auf, ehrs ganz verlischt.

3. När de Peremett hot kaane Ruh,
ihre Flügele drehe sich immerzu.

4. Ich verfolg se be ihrn ruhing Lauf,
guck versonne zu der Stubndeck nauf.

5. Wie de Schatten dorten spieln,
huschen, gechen, durchenannerwühln.

6. Und ich guck dan Spiel behaglich zu.
Is dos ganze Laabn net aah esu?

7. Ene Wall, die dreht dos ganze Ding,
sulang Lichtle brenne, ümering.

8. Is dos letzte Lichtel dann verbrannt,
hot de Peremett sich ausgerannt.

9. När dos aane wär mei Wunsch derbei,
mächt mei ganzes Laabn aah su sei,

10. Daß vo meiner Laabnszeit tät haaßen,
se wär eitel Heiligobnd gewaasen.

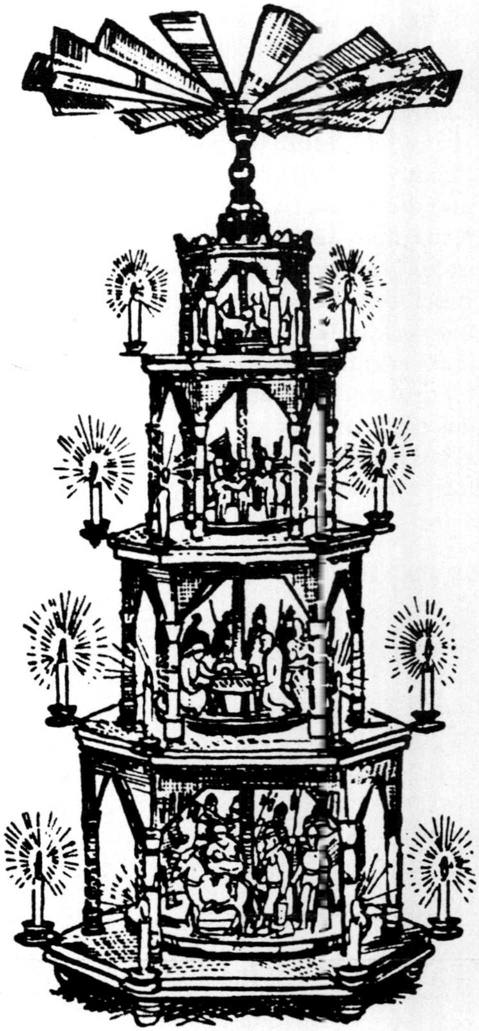

Vierstöckige Weihnachtspyramide. Auf dem unteren Teller die Heilige Familie mit dem Esel auf der Flucht nach Ägypten und Herodes' Soldaten. 2. Teller von unten: die Christgeburt. 3. Teller von unten: Bergparade. Oberster Teller: Schafherde. Zeichnung von Alfred Hofmann-Stollberg

Dreikönigssingen im Erzgebirge

Josef Moder

War es doch ein althergebrachter Brauch, daß wir Kinder die Weisen aus dem Morgenlande spielen durften, wenn jene Nacht wiederkehrte, in der diese drei heidnischen Männer einst das göttliche Kind im Stalle zu Bethlehem fanden und sich vor dem kleinen Heiland auf das Knie warfen, ihm Weihrauch opfernd, Myrrhe und Gold. Im Gedenken an diese demütigen Majestäten, die den Gottessohn angebetet haben, zu dem sie der leuchtende Stern aus morgenländischer Ferne geführt hatte, rüsteten wir zum Dreikönigssingen.

Mit dem neuen Jahre begann unser eifriges Tun. Da galt es zunächst zu bestimmen, wer die beiden anderen Buben sein sollten, mit denen man als Dreigestirn durch die Straßen laufen wollte. Diese fanden sich meistens bald, aber dann kam die Sorge um die königlichen Gewänder. Die mußten weit sein, wallend und weiß.

Ein großes, schimmerndes Bettuch, das als Mantel um die Schultern gelegt wurde und bis auf die Füße hinabhing, war das Schönste, was man sich für diese Verkleidung vorstellen und erobern konnte.

Wenn das nicht gelang, dann mußten auch zwei weiße Schürzen ausreichen, von denen die eine vorne, die andere hinten gebunden wurde, und die dann eine Reihe von Nadeln an den Seiten zusammenhielt, wenn man sich nicht von seinen Gefährten mit unbeholfenen Stichen in sie hineinnähen ließ.

Dann kam das Schminken mit Zichorienpapier und mit rotbraunem Wasser, darin Zwiebelschalen ausgekocht worden waren. Der schwarze König aber färbte sich das darob vergnügte Angesicht mit fettigem Ruß. Wenn mit Hilfe von farbenfrohen Tüchern noch die Turbane um unsere Schläfen gewunden waren, konnte das Sternsingerspiel beginnen.

Leider blieben uns die Kamele versagt, auf deren Rücken die Weisen aus dem Morgenlande bis zu dem Stall geritten waren, und so mußten wir zu Fuß von Haus zu Haus gehen.

Das geschah immer am Vorabend des Dreikönigstages. Die Leute hielten inne und sahen uns nach, wenn wir an ihnen vorüberschritten. Eine Menge kleinerer Knaben und Mädchen lief staunend hinter uns her und verstummte, so oft wir das uralte Lied anstimmten, das einstmals aus dem Volke gekommen war und in dem wir nun vorsangen, wohin wir Suchenden eigentlich pilgern wollten:

„Ihr heiligen drei Könige, wo wollet ihr hin?

Nach Bethlehem steht unser Sinn!“

Fenster taten sich auf. Gute Gesichter schauten unserem Treiben zu. Manchmal fiel die uns umringende Kinderschar in die bekannte Weise ein. Dann fühlten wir uns als Mittelpunkt dieser singenden Gemeinde, für die eine alte Sitte inniges, gegenwärtiges Erlebnis wurde.

Waren wir denn nicht die Hauptpersonen in diesem Geschehen? Glänzte nicht, funkelnd über unseren Scheiteln festgeheftet, ein goldener Stern, den einer auf hohem Stabe über uns hertrug, als verkündigendes Licht, das hinführen sollte bis zu dem hirtenumgebenen, gottbegnadeten Stall?

Auf einer so weiten Reise gibt es aber auch genug Hunger und Entbehrungen, und vom Frommsein allein können auch die heiligen drei Könige nicht leben. Darum hub nun in dem alten Liede jene Strophe an, in der die Weisen um eine Spende baten, auf daß sie Wegzehrung hätten. Und sie gaben auch zu verstehen, daß sie irdischen Genüssen nicht abhold wären und ihnen das Gebotene am besten bekäme, wenn sie es als ein Geschenk betrachten dürften. Der schalkhafte Volksmund hatte das so geformt:
„Wir heiligen drei Könige mit dem goldenen Stern,
wir essen und trinken – und zahlen nicht gern!"
Und wenn der Mohrenkönig bei diesen Worten seine Zähne zeigte, die aus dem schwarzen Gesicht leuchteten wie weiße Perlen, dann lachte jung und alt, und man konnte nicht umhin, den armen Pilgern ein Geringes auf ihren beschwerlichen Weg mitzugeben. Da fielen Äpfel und Nüsse, Kostproben von Weihnachtsstollen und wohl auch ein paar Münzen in den Korb, den einer von uns trug, um die Dreikönigsgaben darin zu sammeln.
Darum aber war es uns gar nicht so sehr zu tun. Diese Geschenke wurden auch mit an das uns umringende Gefolge verteilt, wenn schließlich die Nacht hereinbrach und wir von der Finsternis nach Hause gewiesen wurden, so gerne wir auch das wunderschöne Spiel noch fortgesetzt hätten.
Wir mußten das weißlinnene Tuch von unseren Schultern gleiten lassen und wieder sein, wer wir waren, mußten den mit viel Mühe gewundenen Turban vom königlichen Haupt nehmen und den guten Stern in die Ecke stellen, der uns zwar nicht nach Bethlehem, wohl aber

Erzgebirgisches Spielzeug: Menschen, Fuhrwerke und Häuser, gruppiert um die Seiffener Kirche

durch ein herrliches Jugenderlebnis geführt hatte.
Wir verkörperten keine Könige mehr. Schon aber waren wir in Erwartung eines neuen Wunders: In der Nacht mußten ja die richtigen drei Weisen kommen und in der Frühe auf unseren Krippen stehen, die als ehrwürdige Erbstücke an der Stubenwand oder im geheimnisvollen Düster der Winkel hingen. Auf ihrem duftenden Moosboden weideten winzige, handgeschnitzte Lämmer, musizierende Hirten erhoben die frohlockenden Schalmeien, und im Stalle war die heilige Familie in all ihrer Schlichtheit zu sehen, samt dem Eselein im Hintergrunde und der halb vom Strohlager verdeckten Kuh.

Am Morgen waren diese kleinen Kunstwerke immer wirklich wieder da!
Und wenn wir dann in die Kirche kamen, in der die Orgel gewaltig erbrauste, war unser Staunen am Dreikönigstag auch dort ohne Ende.
Da war über dem, von hundert Lichtern erhellten Altar die gigantische Krippe hingespannt, lag wie eine Brücke zwischen den Steinwänden des Gotteshauses und trug, in schwindelnder Höhe schwebend, die weit hingebreitete Landschaft mit Mensch und Stern und Getier.
Vor dem Stall in der Mitte knieten die heiligen drei Könige, nicht schlicht und weiß, wie wir sie darstellten, sondern prunkvoll und strahlend von der bunten Pracht ihrer Gewänder, die aufleuchteten als purpurne Seide, als violetter Samt, schmuckübersät und behangen mit schweren, goldenen Ketten.
Hinter ihnen standen die Kamele und reckten ihre langen Hälse in die Kuppel der Kirche empor. Bei diesem Anblick vergingen uns die fürstlichen Gefühle, die wir in der Brust trugen, so lange wir selbst als die verkleideten drei Weisen herumliefen. Diese Vorbilder da droben waren unnachahmbar, waren glänzende Gestalten, die einen blenden konnten, wenn das Licht des kristallenen Lüsters auf sie fiel, waren wahre, gewaltige, thronentstiegene Herrscher. Und um so tiefer ergriff uns ihr Beispiel, wenn auch sie vor dem lächelnden Kinde knieten, dessen Heiligenschein aus der Krippe hervorleuchtete, und wenn sie dem ewigen Heiland mehr opferten, als Gold, Weihrauch und Myrrhe: Ihren Glauben und ihr Herz!

Nach Huhneigahr

Nu wärn de Männel waggepackt in ihre Kästeln un Truh'n.
Do kenn'se bis zen Heiling Christ in nächsten Gahr ausruh'n.
's is immer e weng Wehmut drbei, wenn mr se wagreim tut –
Hot mr in nächsten Gahr denn noch zen Aufbaun's Läb'n un Mut?
Mr guckt se alle nochmol aa un läßt se aufmarschiern:
Wärn se noch alle Fliegel ham, oder wärn se e Baanel verliern?
Dr Rüpperich, dr Solimann, dr Rachermaa su bunt,
Dr Bargmaa un de Peremett', de Engele schie rund?
Mr wickeln se racht sorgsam ei, dös nischt passieren kaa,
Bei dr Kripp do tun mr Moos miet nei un ben Nußknacker aa.
Dös is in Arzgeberg nu su, dös gehärt zen Heiling Christ –
Mr sei erscht alle richtig fruh, wenn de Stub' voll Lichtle is!
Mr wölln när hoffn, dös in nächsten Gahr, wenn mr gesund noch sei,
Mr huln uns wieder, wie's diesmal wor, uns unere Männle rei'!

Spielzeug aus der Spanschachtel: Bergleute bei der Arbeit; aus dem Waldkirchner Musterbuch von 1850

Verschneiter Erzgebirgskamm am Jahresende

Der Dezember

Erich Kästner

Das Jahr wird alt. Hat dünne Haar.
Ist gar nicht sehr gesund.
Kennt seinen letzten Tag, das Jahr.
Kennt gar die letzte Stund.

Ist viel geschehn. Ward viel versäumt.
Ruht beides unterm Schnee.
Weiß liegt die Welt, wie hingeträumt.
Und Wehmut tut halt weh.

Noch wächst der Mond. Noch schmilzt er hin.
Nichts bleibt. Und nichts vergeht.
Ist alles Wahn. Hat alles Sinn.
Nützt nichts, daß man's versteht.

Und wieder stapft der Nikolaus
durch jeden Kindertraum.
Und wieder blüht in jedem Haus
der goldengrüne Baum.

Warst auch ein Kind. Hast selbst gefühlt,
wie hold Christbäume blühn.
Hast nun den Weihnachtsmann gespielt
und glaubst nicht mehr an ihn.

Bald trifft das Jahr der zwölfte Schlag.
Dann dröhnt das Erz und spricht:
„Das Jahr kennt seinen letzten Tag,
und du kennst deinen nicht."

Weihnachtsliedel der Pfafferkuchenfraa

Hildegard Eckhardt

1. Liegn de Dörfeln eingeschneit, isses wieder mol su weit,
ball mach ich men erschten Gang, ach dos Gahr war werklich lang.
Un ich sing mei Liedel schie, weil ich su gelicklich bi:
Meine guten Pfafferkuchen müßt ihr alle mol versuchen,
Harzeln, Kringeln un en Starn, jeder ißt se doch su garn.

2. Mit nen Körbel hinten drauf, giehts treppo un giehts treppauf
und de Kinner renne miet – nabn mir haar of Schriet un Triet.
Un ich sprach: „Ihr Luderzeich, in ner Stund bi ich bei Eich!"

3. In men Leben war alles schie, öb de Walt weiß oder grü –
ho gebacken in men Labn – nei in Taag en Weihnachtstraam
Durchn Schnee sang ich mei Lied: „Kinner-Gruße-aßt när miet!"

4. Steigt zun letzten Mol dr Duft nauf in unner Haamitluft,
pack men Korb bis ubn naa voll, waaß schie, wus nu hie gieh soll!
Un ich klopp bein Petrus ah: „Nu bist Du mit Kaafen drah!"

Erzgebirgisches Dorf zur Weihnachtszeit (Tellerhäuser)

Neue Pfefferkuchenverse aus Zuckerguß

Kurt Arnold Findeisen

Wenn du willst an allen Sachen
knusperknusperknäuschen machen,
schaff dir einen Mann
aus Pfefferkuchen an!

Es bleibt die Liebesbrezel
das große Lebensrätsel!

Lebkuchenbacken
und Nüsseknacken
und wie ein Kind sich freun,
das will verstanden sein!

In allen Ecken eine süße Mandel,
so wohlerwogen sei dein Lebenswandel!

Weihnachten und die heiligen zwölf Nächte in Aberglaube und Brauchtum

Ehrhardt Heinold

Wie in vielen anderen Gegenden Deutschlands, sind auch im Erzgebirge Weihnachten und die heiligen zwölf Nächte mit vielerlei Aberglauben und Brauchtum verknüpft. Die meisten der geschilderten Bräuche sind alten Quellen entnommen und heute nicht mehr vorhanden.

In der Gegend von Annaberg und anderswo wurden zu Weihnachten die Obstbäume mit einem Strohband umbunden, manchmal wurde auch ein Pfennig ins Strohband gesteckt. Damit sollte bewirkt werden, daß die Bäume im Laufe des Jahres gut tragen.

In der Gegend von Schwarzenberg warfen Mädchen Strohbüsche an einen Baum, so viel mal sie fehlten, so viele Jahre mußten sie – so der Aberglaube – warten bis zur Heirat.

Allgemein gilt wohl noch heute im Erzgebirge, daß der Weihnachtsstollen im Erzgebirge erst am ersten Feiertag angeschnitten wird. Das soll Segen bringen.

An den „drei Heiligen Abenden" kamen im Erzgebirge neunerlei Speisen auf den Tisch: Linsen, Erbsen, Hirse, Sauerkraut, Brot, Pfeffer, Salz, Kartoffeln, Fisch (Hering). Dabei bedeutet das Gericht Linsen: Kupfer, Erbsen: Nickel, Hirse: Gold, Sauerkraut: Stroh. Nach dem Essen wurden Brot, Salz und ein Weihnachtslicht in das Tischtuch zusammen eingeschlagen. Das Bündel blieb bis zum anderen Morgen früh auf dem Tisch liegen. Das sollte Ordnung bringen. So jedenfalls wird das vor allem aus dem Heilig-Obend-Lied bekanntgewordene „Neunerlei" Ende des vorigen Jahrhunderts aus der Schwarzenberger Gegend überliefert.

Auch im Erzgebirge hatten die 12 Nächte oder Unternächte von Weihnachten bis Hohneujahr eine besondere Bedeutung:

Was man dann träumte, das wird in den nachfolgenden 12 Monaten der Reihe nach in Erfüllung gehen.

Aus Sayda ist überliefert, daß man dort am ersten Feiertag früh um 4.00 Uhr mit brennender Wachskerze in die Kirche ging und die Predigt mit der Kerze in der Hand anhörte.

Aus Kirchberg und Umgebung ist aus dem vorigen Jahrhundert ein Spiel am Weihnachtsabend überliefert. Es werden 12 Schüsseln auf den Tisch gestellt. In die eine wird reines Wasser, in die zweite schmutziges Wasser gefüllt, in die dritte wird ein Läppchen gelegt, in die vierte Salz, in die fünfte Geld, in die sechste der Brautkranz, in die siebte der Patenkranz, in die achte der Totenkranz, in die neunte ein goldener Ring, in die zehnte ein altes Stück Metall, in die elfte ein Stab und in die zwölfte nichts. Dem einen der Mitspielenden werden die Augen verbunden. Greift er nach dem reinen Wasser, so ist das kommende Jahr gesegnet. Greift er nach dem schmutzigen Wasser, so ist eine Teuerung vor der Tür. Das Läppchen bedeutet eine alte Jungfer, das Salz Trauer, das Geld Reichtum, der Brautkranz Hochzeit, der Patenkranz Taufe, der Totenkranz, daß einer aus der Familie stirbt, der goldene Ring verheißt

Glück, das alte Metall (das oft ein bleiener Ring vertritt) Unglück, der Stab kündigt an, daß der Gefragte im kommenden Jahr das Haus verläßt, die leere zwölfte Schüssel bedeutet, daß man es im Leben nicht weit bringt.
Besondere Bräuche gab es am Altjahresabend, an dem traditionell Blei gegossen wird, in anderen Gegenden auch zu Weihnachten. Zu Silvester wurden alle Töpfe gefüllt, das bedeutet Segen im Haus.
Mancherlei Aberglaube verbindet sich mit dem Mitternachtsläuten in der Neujahrsnacht. Während es schlägt, soll man in den Spiegel sehen und sprechen:
„Hokuspokus, hokuspokus,
Spieglein, Spieglein an der Wand,
höre jetzt mein heißes Flehen,
laß mich in der Geisterstunde
meinen einst'gen Bräutigam sehen."
Auch wurde gesagt, daß man um Mitternacht in die Esse sehen soll. Sieht man einen Sarg, so stirbt man, sieht man ein freundliches Gesicht, so heiratet man. Ein unverheiratetes Mädchen soll um 12 Uhr im Finstern den Hausflur kehren und wenn es klappt, die Tür öffnen. Steht dann ein Mann davor, so ist es der Zukünftige.

Erzgebirgische Rezepte zur Advents- und Weihnachtszeit

Für den Weihnachtsstollen hatte jede Familie ihr eigenes Rezept, wobei die Grundzutaten überall die gleichen waren (Hefe, Mehl, Zucker, Rosinen, Zitronat usw.). In vielen Häusern wurde der Stollenteig zu Hause fertig gemacht und dann zum „Bäck" gebracht. Die „Abfuhr" der Stollen mit dem Handwagen vom Bäcker nach Hause war vor allem für Kinder jedes Jahr ein besonderes Ereignis.
Hier das Grundrezept für
Weihnachtsstollen
Man nehme 2,5 kg Mehl, 500 g Butterschmalz oder Schmer, 200 g Zucker, Rosinen, süße und bittere Mandeln, 250 g Zitronat, ½ Liter Milch und 100 g Hefe.
Mit ⅛ Liter Milch setzt man das Hefestöckchen an. Während es geht, knetet man alle Zutaten zu einem Teig, setzt das Hefestückchen zu und formt schließlich daraus den Stollen. Man läßt das Ganze nochmals gehen und bäckt es dann eine Stunde lang bei gleichmäßiger Hitze im Ofen aus.
In manchen Gegenden wurde ein Teil des Stollens mit Kartoffeln „verlängert" und daraus der sogenannte „Aardäppelkuchen" gebacken, aber auch als selbständiges Backwerk war er sehr beliebt:
Kartoffelkuchen
Man nehme 50 g Hefe und läßt diese in 3 Eßlöffel lauwarmem Wasser gehen, rührt 250 g feines Mehl an und läßt das Hefestück an einem warmen Ort aufgehen. Danach mengt man einen Teller voll gekochter geriebener Kartoffeln, 3 Eier, 125 g Butter, 2 Eßlöffel Zucker und etwas Salz unter.

Nun knetet man den Teig tüchtig und rollt ihn auf einem erwärmten Blech fingerdick aus. Man stippt ihn mit einer Gabel, gießt zerlassene Butter drüber, streut Zucker und Zimt darauf und besprengt ihn nochmals mit zerlassener Butter. Bei gleichmäßiger Hitze läßt man den Kuchen etwa 30 Minuten schön braun werden. Am besten schmeckt der Kartoffelkuchen, wenn er ganz frisch ist.

Zum beliebten weihnachtlichen Gebäck gehörten auch die

Pflastersteine:

Man nehme 500 g Mehl, 250 g Honig, 100 g Zucker, 100 g Butter, 1 Ei, ½ Teelöffel Zimt, etwas Bittermandelöl, 1 Päckchen Backpulver, 100 g süße Mandeln, 50 g Rosinen, 50 g Zitronat.

Honig, Zucker und Fett zerlassen, etwas abkühlen lassen, dann die anderen Zutaten zugeben und den Teig tüchtig kneten. Den Teig ½ Stunde in den Kühlschrank stellen, daumendicke Rollen formen und gleichmäßige Stücke abschneiden, man formt diese zu kirschgroßen Kugeln und drückt sie etwas platt. Wenn sie gebacken sind, mit Guß bestreichen und in Hagelzucker wenden.

Hier die im Heilig-Obnd-Lied erwähnte „Sammelmillich" (wenn's vier „Leiten" schmecken soll):

Mer nimmt ugefaahr a Pfund Sammeln, ne annerthalbn Liter Millich, a Vertelpfund Zucker un, wenns grod zer Hand is, ewing Vanillichzucker.

De Sammeln tut mer klaa schneiden, odr, wenn se schie hart sei, kaa mer se aah zerbröckeln. Dos Zeig kimmt nu in ner Schüssel nei un dann kimmt de ganze gute Millich drieber (odr kaa blaue Millich, sonnern „gute"). Mit ne Querl tut mer nu ne Zucker dramachen. Dann blebbt is ganze Zeig fümt Minuten stieh. Dann ka mer ne Vanillichzucker odr aah ewing Zimmt namchen un is Assen ist fartich.

Bei alln ist Geschmackssach, öb mer warme odr kalte Millich nimmt.

Das „Neunerlei" wird noch heute etwa in folgender Zusammenstellung am Heilig Abend gereicht:

Neunerlei

Man nehme Semmelmilch, Sauerkraut, Selleriesalat, Heringssalat, Hirse oder Linsen, Bratwurst, Brot, Salz, grüne Klöße.

Weil Neunerlei unbedingt auch etwas „Quellendes" enthalten soll, hier das Rezept für

Linsensuppe

(für 4 Personen). Man nehme 400 g Linsen, 1½ Liter Brühe, 80 g geräucherten Bauchspeck, 30 g Mehl, Salz, Zucker, Essig.

Die eingeweichten Linsen in kaltem Wasser ansetzen und langsam gar kochen. Wenn das Wasser fast verbraucht ist, die Brühe zugießen und nochmals gut durchkochen. Die Linsen bindet man mit einer Mehlschwitze ab. Der in Würfel geschnittene Speck wird ausgebraten und den Linsen hinzugefügt. Mit Salz, Zucker und Essig süßsauer abschmecken.

Kein erzgebirgisches Feiertagsessen ist denkbar ohne

Grüne Klöße (halb und halb)

Man nehme 1 kg rohe Kartoffeln, 1 kg gekochte Kartoffeln (am Vortage kochen), 2 Zwiebeln, Salz nach Geschmack, 3 bis 4 Eßlöffel Maizena oder Kartoffelmehl, 1 Schöpfkelle Soße oder kochendes Wasser.

Die rohen Kartoffeln schälen und in warmes Wasser legen (sie bleiben dann schön hell), in einem Leinensäckchen auspressen und mit kochendem Wasser oder Soße überbrühen. Die gekochten Kartoffeln abpellen und durch die „flotte Lotte“ drehen. Die Zwiebeln zerkleinern, Salz, Maizena oder Kartoffelmehl dazugeben und alles zu einem Teig verrühren, damit man dann die Klöße (etwa faustgroß) daraus formen kann. In der Zwischenzeit das Salzwasser kochen, die Klöße in das kalte ausgepreßte Kartoffelwasser tauchen und sofort in das kochende Salzwasser geben. Darin ca. 20 Minuten leicht kochen lassen. Wenn die Klöße an der Wasseroberfläche schwimmen, sind sie gar.

Und hier noch einige weitere typische erzgebirgische Gerichte:

Dampfnudeln (auf erzgebirgische Art)

Man nehme 750 g Mehl, 20 g Hefe, ⅛ Liter Milch, 50 g Fett, 3 Eßlöffel Zucker und 1 Prise Salz, Ausstreichfett, Semmelbrösel, 1 Tasse Milch.

Man bereitet einen Hefeteig, formt nach dem Aufgehen gleichmäßige runde Kugeln daraus und setzt diese nebeneinander in eine gut gefettete, mit Semmelbrösel ausgestreute Auflaufform. Nachdem sie in dieser nochmals aufgegangen sind, werden sie im Ofen gebacken und, sobald sie anfangen zu bräunen, mit kochender Milch übergossen. Wenn die Milch eingezogen ist, ist das Gericht fertig. Man reicht zu den Dampfnudeln Vanillesoße oder Kompott.

Schwarzbeergötzen (erzgebirgische Art)

Man nehme 250 g Mehl, 50 g Zucker, ½ Liter Milch, 1 Prise Salz, 6 Eier, 50 g Butter, 500 g Heidelbeeren, Zucker zum Bestreuen.

Das Mehl wird mit der Milch glatt angerührt, man gibt eine Prise Salz und den Zucker hinein, quirlt die 6 Eigelb gut durch und zieht zuletzt den steifen Eiweißschnee darunter. In einer tiefen feuerfesten Pfanne erhitzt man die Butter, gibt den Teig hinein, läßt ihn unten fest werden und bedeckt ihn dann mit den Schwarzbeeren, die man mit reichlich Zucker bestreut. Anschließend schiebt man den Schwarzbeergötzen in einen nur mäßig warmen Ofen, in dem er langsam durchgebacken wird.

Buttermilchgötzen

Man nehme 500 g rohe Kartoffeln, reibt diese auf einem Reibeisen, läßt das Wasser so viel ablaufen, daß ein dicker Brei übrigbleibt, dazu gießt man ½ Liter Buttermilch, schlägt 3 bis 4 Eier hinein und würzt das Ganze mit 1 geriebenen Zwiebel, Salz und Kümmel.

In einer großen gußeisernen Pfanne, die vorher mit reichlich Öl ausgegossen wurde, gibt man dann in das heiße Öl den zubereiteten Brei hinein, schiebt die Pfanne in die Mitte des Backofens und läßt ihn ca. 60 Minuten backen, solange bis eine goldgelbe Kruste entsteht. Dazu reicht man Heidelbeeren, Preißelbeeren oder anderes Kompott.

Rauchemaad

Man nehme: 200 g gekochte Kartoffeln vom Tag vorher, dreht sie durch die „flotte Lotte“, gibt etwas Salz nach Geschmack hinzu, fettet eine Pfanne mit Margarine oder Öl und drückt die Kartoffelmasse fest auf den Boden der Pfanne auf – Fett vorher heiß werden lassen. Dann wird die Rauchemaad von beiden Seiten schön goldbraun und knusprig gebacken. Man reiche dazu Butterbemmen.

Rährnkuchen

Man nehme gekochte Kartoffeln und läßt sie kalt werden und reibt sie danach. Die so entstandene Masse vermischt man mit Salz und Mehl zu einem trockenen Teig, rollt ihn dünn aus und schneidet runde oder eckige Teile. Diese dünnen, den Oblaten ähnlichen Stücke, werden auf der nicht zu heißen Ofenplatte auf beiden Seiten gebacken. Die Rährnkuchen werden warm aufgetischt. Man bestreicht sie meist mit Butter, Sirup oder Honig.

Hefenkließ

Man nehme 1 kg Mehl und siebt es durch, macht in die Mitte des Häufchens eine Mulde und schüttet 30 g Hefe, in etwas lauwarmer Milch aufgelöst, hinein, rührt sie mit etwas Mehl zu einem weichen Teig und läßt das Hefestückchen unter einem Tuch 15 Minuten lang gehen.

Danach gibt man 4 Eßlöffel Zucker, 2 Eier, 1 Teelöffel Salz, 100 g zerlaufene Butter und so viel lauwarme Milch hinzu, daß ein etwas fester Teig entsteht, der nun gut durchgeknetet wird. Nun streut man ein wenig Mehl darüber und bedeckt den Teig mit einem Tuch, damit er langsam aufgehen kann. Danach kann man ihn auf dem mit Mehl bestreuten Tisch zu einer Wurst formen, die man auf einem Blech aufgehen läßt. Auch andere Formen sind üblich. Im Ofen wird das Ganze gut gebacken. Bewahrt man die Hefenkließ in einem Steintopf auf, halten sie sich ungewöhnlich lange.

Pfefferkuchen (aus dem man Figuren und Hexenhäuschen macht)

Für den Pfefferkuchen nimmt man 500 g Mehl, 250 g Zucker, 2 Eier, 2 Löffel Honig, 1 Löffel Rum, Pfefferkuchengewürz und ½ Löffel Speisesoda. Man siebt das Mehl und vermengt es mit Speisesoda und Zucker. Auf dem Nudelbrett wird dieses Gemenge mit lauwarmem Honig, den Eiern und den anderen Zutaten angemacht und zu einem festen Teig geknetet. Nachdem er eine Nacht lang gestanden hat, wird er zu einer dicken Platte ausgerollt. Nun sticht man daraus Figuren, bestreicht sie mit Ei und läßt sie in der heißen Röhre backen. Aus feingesiebtem Staubzucker wird in einer Porzellanschüssel mit Wasser ein weißer, dickflüssiger Brei angerührt, mit dem man den Pfefferkuchen lasiert.

Aardäppelgetzen, Rauche Mad . . .

Aardäppelgetzen, Rauche Mad,
grüne Kließ – aah e Frahd! –
gibt's bei uns is ganze Gahr,
sei de Aardäpp net ze rar!

Kimmt e Ma ne Bargel ra,
hot gewichste Stiefeln a,
bäckt mei Mutter Hefenkließ,
kimmt dr Rupprich ganz gewieß!

Überliefert, mittleres und westliches Erzgebirge

Nachwort

Wie das Erzgebirge zum Weihnachtsland wurde und welchen Zauber es als Weihnachtsland ausstrahlt – dies zu zeigen, ist die Absicht dieses Buches. Es besteht aus einer facettenreichen Einführung von Gerhard Heilfurth und einem anthologisch angelegten zweiten Teil, für den ich verantwortlich zeichne. Gerhard Heilfurth, einer der besten Kenner von Land und Leuten des Erzgebirges und der gesamten Kulturgeschichte des Bergbaus, hat die tour d'horizon eigens für dieses Buch geschrieben.

Seinem fundierten Überblick schließt sich eine Sammlung von Prosatexten und Gedichten aus dem Erzgebirge und über das Erzgebirge an. Mundart in ihrer unterschiedlichen Ausprägung steht gleichberechtigt neben dem Hochdeutschen. Der Berufsschriftsteller kommt ebenso zu Wort wie einfache Erzgebirger, die aus ihren Erinnerungen erzählen. Die Texte stammen aus verschiedenen Lebenssituationen und historischen Phasen. Erstaunlich, wie diese so unterschiedlichen Stimmen doch von einem Grundton her zusammenklingen. Dieser Grundton geht zurück auf die Prägung, die jeder erfährt, der in der kargen Gebirgslandschaft zwischen Vogtland und Elbsandsteingebirge aufgewachsen ist oder gelebt hat.

Mit den Texten klingen die Bilder zusammen. Wie in einem bunten Teppich entsteht ein aus vielen Fäden geknüpftes magisches Bild. Der Zauber der Weihnacht, des schönsten und innigen deutschen Festes, strahlt aus der Landschaft heraus über Bilder und Texte auf uns über. Wenn der Leser diesen Zauber spürt und nachempfindet, ist das Anliegen des Buches erfüllt.

Mein Dank gilt in erster Linie Herrn Professor Dr. Gerhard Heilfurth, aus dessen Archiv die Grundlagen für dieses Buch zu einem wesentlichen Teil stammen, sowie Frau Juliane Heilfurth, die uns mit Rat und Tat unermüdlich zur Seite stand. Ebenso herzlich danke ich Hans Jürgen Rau, dem bewährten Fotografenfreund, der den Bildteil betreut hat. Zu danken ist ferner allen Verlagen, Autoren und Rechteinhabern, die den Abdruck von Texten und Bildern gestatten und damit dieses Buch ermöglicht haben.

Weihnachten hat sich zu einem Fest des Konsums entwickelt. Ich wünsche mir, daß der Zauber der erzgebirgischen Weihnacht, der aus allen Texten und Abbildungen dieses Buches spricht, dem Leser und Betrachter zu einer vertieften, zu einer Weihnacht von innen her verhilft.

Ehrhardt Heinold

Erzgebirgisches Weihnachts-ABC

Worterklärungen

S. 42:	salten	seinerzeit
	Pfarkripp	Pferdekrippe
	oder	aber
	hiegehaa	hingeworfen
	derpocht	erstaunt und verdonnert
	perzetn	eilten, stürzten
	soot	satt, genug
S. 47:	rafeln	hin- und herzerren
	eingehuschelt	dicht eingehüllt
S. 48:	Ruscheln	Rodeln, Schlittenfahren
	Schlieten	Schlitten
	dingenei	den Weg hinunter
	Klaading	Kleidung
	drin de Fadern	in den Federn, im Bett
S. 49:	schie	schön
	Grumpelficht	krumpelige, mißlungene Fichte
	Haspelgung	Junge, der die Haspel dreht
	„Herder“ of senn Pfaar	„Herder“ auf seinem Pferd (der sächsische Oberberghauptmann Siegmund A. W. Freiherr von Herder [1776–1838], Sohn des Dichters Johann Gottfried Herder)
	Lechter	Leuchter
	Dock	Docht
	Bugn	Bogen
	Gagd	Jagd
	fei	fein (als Umgangswort zur Beteuerung gebraucht, im Sinne von gewiß, wirklich)
S. 52:	klaa	klein
	Gahr	Jahr
S. 56:	ehaam	nach Hause
	Kar	Karl
	Pfaar	Pfarrer
S. 57:	hahnebiegn	hanebüchen
	Laaber	Leber
	bezacht und unbezacht	bezecht und unbezecht
	Hubelspa	Hobelspan
S. 58:	„Barbara“	Denkmal der Barbara Uthmann (1514–1575), die 1561 das Klöppeln in Annaberg einführte
S. 61:	Knöpel	Knüppel
	Loden	(Fenster-)Laden
	wummern	donnern, schlagen
	schallern	singen
	sehrner un sehrner	mehr und mehr
	Vürhaisel	Vorbau
	nausgeberzt	hinausgelaufen
	Aardäppelkuchn	Kartoffelkuchen
	esu sachte worn	so allmählich geworden
	uracht	unrecht
	Neis	Neues
	noocherts	nachher
S. 62:	taaln	teilen
S. 65:	Mannelzeig	Männchenzeug, kleine Spielzeugmännchen
	treich	trocken
	Gack	Jacke
	satt har	seht her
	Starn	Stern
	Heifle	Häufchen
	sahnerlich	sehnsüchtig
	mieteanner	miteinander
S. 66:	Raacherma	Räuchermann
	Schwibbugn	Schwibbogen
	saten	sagten
	raaneviert	renoviert, gesäubert
	ruppt	rupft
	Neinerlaa	Neunerlei
S. 67:	Schock	alte Bezeichnung für 60 Stück
	Brut	Brot
	haar	her
	sette	solche
	Pfaarle	Pferde
	derwaagn	deswegen
	arben	arbeiten
	allaa	allein
	zertraaten	zertreten
	ümesist	umsonst
S. 68:	Aagle	Augen
	zewingst	wenigstens
	dolossen	dalassen
	Sträfen	Streifen
	zschinnern	schlittern
	ehr’sch	bevor es
	Luh	Lohn
	ergndwu	irgendwo
S. 72:	Buden	Boden
	Flack	Fleck
	Schwoden	Schwaden
	huhlen	hohlen
S. 74:	olber	albern, verrückt darauf
	maust	stiehlt
	Saag	Säge
S. 84:	Hamvel	Handvoll
S. 91:	Wark	Werk
	saagt	sägt
	Färschter	Förster
	Kühgung	Kuhjunge
	huchen	hohen

S. 93:	Neinerlaa-Toppkließ	Neunerlei-Topfklöße
S. 113:	sist allaa	sonst allein
	tackt	klingt
S. 114:	Gezäh	Werkzeug des Berg- und Hüttenmannes
S. 116:	Wasserseige	Ablauf des Grubenwassers
	Teufe	bergmännisch: Tiefe
	Gangkreuz	Erzlagerstätte mit zwei sich kreuzenden Gängen
	höfflich	bergmännisch: nutzbare Mineralien versprechend
S. 117:	gahles Gelächt	gelbes Geleucht (das Grubenlicht des Steigers, wenn er sich unter Tage den Häuern nähert)
S. 120:	Gesprößl	auseinandergespritztes, nicht zu einer Figur zusammengeschlossenes Blei
S. 121:	satt nauf	seht hinauf
	sist werd dr Krienerts schei	sonst wird der Grünfink scheu

	Zwacken-schmied	Zweckenschmied, Nagelschmied
S. 122:	Gelack	Schmauserei
S. 123:	Rauche Mad	Kartoffelgericht
	Haarig	Hering
	Saager	Uhr
S. 124:	Puchrichgung	Pochwerkjunge
	Fahrt	bergmännisch: Leiter
	Schöß	Schläge
	Dock	Puppe
S. 125:	Boß	Junge
	derstöbert hobn	ausgelöscht haben
	lobn	kennenlernen
	grein när net	weine nur nicht
S. 126:	Bampf	dicker zäher Brei
S. 130:	gechen	jagen
S. 133:	Huhneigahr	Hohneujahr
S. 135:	nabn mir haar	neben mir her
	Luderzeich	Luderzeug

Literaturverzeichnis (Auswahl)

Georg Agricola: De re metallica libri XII, Basel 1556. Mit 273 Holzschnitten. Als Taschenbuch in deutscher Übersetzung „Zwölf Bücher vom Berg- und Hüttenwesen“. München 1977

Manfred Bachmann: Weihnachten in der erzgebirgischen Volkskunst. In: Natur und Heimat 1952, H. 9

Manfred Bachmann: Seiffener Spielzeugschnitzer. Leben und Werk der Volkskünstler Auguste Müller und Karl Müller. Fotos von Wolfgang G. Schröter. Leipzig 1956.

Manfred Bachmann: Krippenschnitzerei im sächsischen Erzgebirge. In: Die Weihnachtskrippe 32, 1965

Manfred Bachmann: Die Widerspiegelung des Bergbaues in der traditionellen Holzschnitzerei des sächsischen Erzgebirges. In: Arbeit und Volksleben. Göttingen 1967

Manfred Bachmann (Hrsg.): Das Waldkirchner Spielzeug-Musterbuch. Leipzig 1977

Manfred Bachmann: Holzspielzeug aus dem Erzgebirge. Mit Zeichnungen von Hans Reichelt. Dresden 1984

Hellmut Bilz: Das Reifendreherhandwerk im Spielwarengebiet Seiffen. Seiffen 1976

Hellmut Bilz: Erzgebirgisches Spielzeugmuseum Seiffen. 6. Aufl. Seiffen 1981

Hellmut Bilz: Seiffener Reifentiere – Herstellung, Gestaltung und Bedeutung. Seiffen 1984

Manfred Blechschmidt (Hrsg.): Behüt eich fei dos Licht. Ein Weihnachtsbuch des Erzgebirges. Leipzig o. J.

Manfred Blechschmidt unter Mitarbeit von Friedrich Barthel (Hrsg.): Stimmen der Heimat. Dichtungen in erzgebirgischer und vogtländischer Mundart von den Anfängen bis zur Gegenwart. Leipzig 1960

Manfred Blechschmidt und Klaus Walther: Bergland-Mosaik. Ein Buch vom Erzgebirge. 2. Aufl. Rudolstadt 1984

Fritz Bleyl: Baulich und volkskundlich Beachtenswertes aus dem Kulturgebiete des Silberbergbaues zu Freiberg, Schneeberg und Johanngeorgenstadt im sächs. Erzgebirge. Dresden 1917

Herbert Clauß (Hrsg.): Das Erzgebirge. Land und Leute. Frankfurt/M. 1967

Alfred Dost: Weihnachten im Erzgebirge. Ein Liederspiel. Annaberg 1902

Bruno Dost (Hrsg.): Erzgebirgische Berglieder. 3. Aufl. Schneeberg 1925/1926

Johannes Eichhorn: Spielzeug und Festschmuck. Zur Erhaltung der Seiffener Volkskunsttradition. In: Sächsische Heimatblätter 18, 1972

Erzgebirge. Mit einem Vorwort von Hermann Heinz Wille. Dresden 1962

Das Erzgebirge. Mit Fotos von Rössing-Winkler u. einer Einführung von Paul Beyer. Leipzig 1970

Helmut Flade: Holz. Form und Gestalt. Dresden 1976

Ulrich Frank-Planitz (Hrsg.): Kleine Geschichten aus dem Weihnachtsland. Das silberne Erzgebirge und seine Festbräuche. Stuttgart 1987

Walter Frenzel, Fritz Karg, Adolf Spamer (Hrsg.): Grundriß der Sächsischen Volkskunde. 2 Bde. Leipzig 1932/1933

Karl-Ewald Fritzsch: Vom Bergmann zum Spielzeugmacher. In: Deutsches Jahrbuch für Volkskunde 2, 1956, S. 179ff.

Karl-Ewald Fritzsch: Erzgebirgische Spielzeugbücher. In: Deutsches Jahrbuch für Volkskunde 4, 1958 Teil I, S. 91ff.

Karl-Ewald Fritzsch: Bergmann und Engel. Zur Geschichte der weihnachtlichen Lichterträger des Erzgebirges. In: Sächsische Heimatblätter 6, 1960

Karl-Ewald Fritzsch: Die Umstellung des Bergortes Seiffen zur Spielzeugproduktion. In: Sächsische Heimatblätter 11, 1965

Karl-Ewald Fritzsch: Pobershauer Bergleute werden Spielzeugdrechsler. In: Sächsische Heimatblätter 13, 1967

Karl-Ewald Fritzsch, Manfred Bachmann: Deutsches Spielzeug. 2. Aufl. Leipzig 1977

Walter Fröbe: Ein Jahrtausend erzgebirgische Geschichte. 2. Aufl. Frankfurt/M. 1965

Paul Göhre: Die Heimarbeit im Erzgebirge und ihre Wirkungen. Chemnitz o. J.

Christoph Grauwiller: Seiffener Kostbarkeiten. Holzspielzeug aus dem Erzgebirge. Liestal/ Schweiz 1984

Günter Hanisch: Vom Licht der Weihnacht im Erzgebirge. Aufnahmen von Christoph Georgi. 3. Aufl. Berlin 1973

Gerhard Heilfurth: Neustädtel und seine Bergbaulandschaft. Dresden 1935

Gerhard Heilfurth: Zur Geschichte der erzgebirgischen Bergmannsschnitzerei und -bastelei. In: Mitteldeutsche Blätter für Volkskunde 11, 1936

Gerhard Heilfurth: Das Bergmannslied. Wesen, Leben, Funktion. Ein Beitrag zur Erhellung von Bestand und Wandlung der sozialkulturellen Elemente im Aufbau der industriellen Gesellschaft. Kassel und Basel 1954

Gerhard Heilfurth: Gottesdienstliche Formen im beruflichen und betrieblichen Leben des Bergbaus. In: Verantwortung für den Menschen. Stuttgart 1957

Gerhard Heilfurth: Glückauf! Geschichte, Bedeutung und Sozialkraft des Bergmannsgrußes. Essen 1958
Gerhard Heilfurth unter Mitarbeit von Ina-Maria Greverus: Bergbau und Bergmann in der deutschsprachigen Sagenüberlieferung Mitteleuropas. Marburg 1967
Gerhard Heilfurth: Das Montanwesen als Wegbereiter im sozialen und kulturellen Aufbau der Industriegesellschaft. Wien 1972
Gerhard Heilfurth: Mitteleuropäische Austauschvorgänge zwischen Süd und Nord in der sozialkulturellen Überlieferung des Erzgebirges. In: Volkskunde, Fakten und Analysen. Festgabe für Leopold Schmidt. Wien 1972
Gerhard Heilfurth: Zum Innovations- und Traditionsprozeß des Bergmannsgrußes „Glückauf". In: Der Anschnitt. Zs. f. Kunst u. Kultur im Bergbau, 28, 1976
Gerhard Heilfurth: Der erzgebirgische Volkssänger Anton Günther. Leben und Werk. 8. Aufl. Frankfurt/M. 1981
Gerhard Heilfurth: Der Bergbau und seine Kultur. Eine Welt zwischen Dunkel und Licht. Zürich u. Freiburg i. Br. 1981
Gerhard Heilfurth: Das erzgebirgische Bergmannslied. Ein Aufriß seiner literarischen Geschichte. 2. Aufl. Frankfurt/M. 1982
Gerhard Heilfurth, Einzelzüge im geschichtlich-kulturellen Antlitz des Erzgebirges. Mit Ausblicken auf sein Umfeld. Marburg 1989.
Ehrhardt Heinold, Fotos: Hans Jürgen Rau: Holzspielzeug aus aller Welt. Weingarten 1983
Horst Henschel: Das Weihnachtslied der Erzgebirger. In: Mitteldeutsche Blätter f. Volkskunde 11, 1936
Walter Hentschel: Sächsische Bornkinnel-Figuren. In: Mitteilungen Landesverein Sächsischer Heimatschutz 20, 1931
Fred Heydel: Das Hans-Soph-Buch. Leben und Werk des Erzgebirgssängers. Leipzig 1955
E. John: Aberglaube, Sitte und Brauch im sächsischen Erzgebirge. Annaberg 1909
Johannes Just: Sächsische Volkskunst aus der Sammlung d. Museums für Volkskunst Dresden. Fotos: Jürgen Karpinski. 2. Aufl. Leipzig 1985
Alfred Karasek, Josef Lanz: Krippenkunst in Böhmen und Mähren vom Frühbarock bis zur Gegenwart. Marburg 1974
Kontakte und Grenzen. Probleme der Volks-, Kultur- und Sozialforschung. Festschrift für Gerhard Heilfurth zum 60. Geburtstag. Hrsg. von seinen Mitarbeitern. Göttingen 1969
Klaus Kratzsch: Bergstädte des Erzgebirges. Städtebau und Kunst zur Zeit der Reformation. München und Zürich 1972
Friedrich Emil Krauß: Ein erzgebirgischer Weihnachtsberg. Privatdruck. München 1937
Siegfried Kube: Gestalten der Weihnachtszeit im mitteldeutschen Raum. In: Mitteldeutsche Blätter für Volkskunde 13, 1938
Rolf Kunze: Die Volkskunst des Schnitzens im Erzgebirge. Teil I: Vom Urprung. In: Glück auf. Beiträge zur Folklorepflege, H. 7/8, 2. Aufl. Schneeberg 1984. Teil II: Vom Erbe. Ebenda H. 14/15, Schneeberg 1984. Teil III: Vom neuen Anbruch. Ebenda H. 25/26, Schneeberg 1986
Reinhold Langner: Karl Müller, ein verdienter Volkskünstler. In: Mitteilungen des Landesamtes f. Volkskunde u. Denkmalspflege Sachsen 1951, H. 5/6
Adolf Laube: Studien über den erzgebirgischen Silberbergbau von 1470–1546. Berlin 1974
Claus Leichsenring: Erzgebirgische Ortspyramiden. Schneeberg 1980
Gustav Mosen: Die Weihnachtsspiele im sächsischen Erzgebirge. Zwickau 1981
Karl Müller-Fraureuth: Wörterbuch der obersächsischen und erzgebirgischen Mundarten. 2 Bde. Dresden 1911/1914
Lenelies Pause: Vom königlichen Kindlein. Geschichten um den Christstollen. Hamburg 1966
Reinhard Peesch: Volkskunst. Umwelt im Spiegel populärer Bildnerei des 19. Jahrhunderts. Berlin 1978
Werner Pflugbeil: Zur geschichtlichen Entwicklung der bergmännischen Holzschnitzerei im Erzgebirge. In: Sächsische Heimatblätter 18, 1972
Werner Pflugbeil: Erzgebirgische Schnitzarbeiten. Schneeberg 1972
Werner Pflugbeil: Museum für bergmännische Volkskunst. Schneeberg 1972
Hans Pienn: Bergmännische Weihnachtspyramiden aus dem Erzgebirge. Wien 1976
Karl Hans Pollmer: Advent und Weihnacht im Erzgebirge. 3. Aufl. Berlin 1982
G. Reichel: Zur Geschichte der erzgebirgischen Bescherungsspiele und Engelscharen. In: Mitteilungen des Vereins f. Sächsische Volkskunde 1912–16
Christian Rietschel: Die Weihnachtskrippe. Aufnahmen von Christoph Georgi. Berlin 1973
Ernst Schäfer: Das Erzgebirge und sein Handwerk. 3. Aufl. Berlin 1964
Otto Eduard Schmidt: Aus dem Erzgebirge. Kursächsische Streifzüge 5. Bd. 2. Aufl. Dresden 1928
Oskar Seyffert: Das Landesmuseum für sächsische Volkskunst. Dresden 1924
Friedrich Sieber: Die bergmännische Lebenswelt als Forschungsgegenstand der Volkskunde. In: Deutsches Jahrbuch für Volkskunde 5, 1959

Siegfried Sieber: Das Erzgebirge. Landschaft und Menschen. Dresden 1930
Siegfried Sieber: Studien zur Industriegeschichte des Erzgebirges. Köln und Graz 1967
Adolf Spamer: Weihnachten in alter und neuer Zeit. Jena 1937
Adolf Spamer: Deutsche Volkskunst. Sachsen. 2. Aufl. Weimar 1954
Helmuth Stapff (Hrsg.): Weihnachten im Erzgebirge. Gedichte und Erzählungen, Lieder und Instrumentalsätze für die Weihnachtszeit. Leipzig 1955
Heribert Sturm: Skizzen zur Geschichte des Obererzgebirges im 16. Jahrhundert. Stuttgart 1965
Fritz Tautenhahn: Das Schnitzen im Erzgebirge. Eine bergmännische Volkskunst. Schwarzenberg 1937
Wilhelm Thomas in Verbindung mit Konrad Ameln: Der Quempas geht um. Kassel, Basel, Paris, London, New York 1965
Richard Truckenbrodt: Zur westerzgebirgischen Volkskunde. Diss. Halle 1926
Ingeborg Weber-Kellermann: Das Weihnachtsfest. Eine Kultur- und Sozialgeschichte der Weihnachtszeit. Luzern und Frankfurt/M. 1978
Weihnachten im Erzgebirge. Katalogbearbeitung von Gunnar Goehle, Sieglinde Gorissen, Theodor Kohlmann, Volker Mattern, Jürgen Schrader und Konrad Vanja. Berlin 1985
Margarete und Martin Weise: Erlebte Weihnacht. Erinnerungen deutscher Dichter. Berlin 1972
(Christian Gottlob Wild): Interessante Wanderungen durch das Sächsische Ober-Erzgebirge. Freiberg 1809
Hermann Heinz Wille: Silbernes Erzgebirge. Fotografiert von Kurt Hartmann und anderen. Dresden 1960
Helmut Wilsdorf: Zur Geschichte der erzgebirgischen Bergbrüderschaften und Bergknappschaften. In: Glück auf. Beiträge zur Folklorepflege, H. 23/24, Schneeberg 1986

Quellenverzeichnis der Texte

Gottfried Albert: Der Weihnachtsberg.
Erzgebirgisches Weihnachtsbüchlein 1/61. Erzgebirgsverein e. V., Kirchberg/Jagst 1961.

Manfred Bachmann: Die erzgebirgischen Schwibbogen.
Sächsische Gebirgsheimat 1974, Oberlausitzer Kunstverlag Christian Schubert, Ebersbach/Sachsen.

Max Barthel: Engel und Bergmann.
Erzgebirgisches Weihnachtsbüchlein 2/62. Erzgebirgsverein e. V., Kirchberg/Jagst 1962.

Manfred Blechschmidt: Ganz sachte kimmt de Winternacht / Hutzenstube / De schwarze Fried derzöhlt vun Kuchnsinge.
Manfred Blechschmidt (Hrsg.): Behüt eich fei dos Licht. Ein Weihnachtsbuch des Erzgebirges. VEB Friedrich Hofmeister Verlag, Leipzig o. J.

Maria Branowitzer und Anna Friderike Kaufmann: De Wilkauer Weihnachtsgans.
Erzgebirgisches Weihnachtsbüchlein 20/80. Erzgebirgsverein e. V., Kirchberg/Jagst 1980.

Stephan Dietrich (Saafnlob): Adventssinge.
Erzgebirgisches Weihnachtsbüchlein 12/72. Erzgebirgsverein e. V., Kirchberg/Jagst 1972.

ders.: Is Bleigießen / Is Weihnachtsbaaml.
Saafnlob: Das lustige Buch der Erzgebirger. VEB Friedrich Hofmeister Verlag, Leipzig 1954.

ders.: Vür Weihnachten in Gebörg.
Aus dem Nachlaß des Autors. Der Text wurde von Rudolf Mauersberger als vierstimmiger Chorsatz vertont und 1963 in Dresden uraufgeführt.

ders.: Weihnachten.
Aus dem Nachlaß des Autors.

Hildegard Eckhardt: Weihnachtsliedel der Pfafferkuchenfraa.
Erzgebirgisches Weihnachtsbüchlein 8/68. Erzgebirgsverein e. V., Kirchberg/Jagst 1968.

Kurt Arnold Findeisen: O du allerschönstes Märchen / Das Christkind bei den Bergleuten / Wenn die kleine Pyramide.
Kurt Arnold Findeisen: Das goldene Weihnachtsbuch aus dem Erzgebirge. 1. Auflage, Zwinger-Verlag, Dresden 1936. (In der jetzt lieferbaren Auflage des Buches sind diese drei Texte nicht enthalten.)

ders.: Kurrendesänger / Das lustige Weihnachtslied / Mettengang / Der Nußknacker / Neue Pfefferkuchenverse aus Zuckerguß / Die Pyramide / Der Rastelbinder / Der Türke.

Kurt Arnold Findeisen: Das goldene Weihnachtsbuch. 63.–72. Tsd. Koehlers Verlagsgesellschaft, Herford 1985.

Walter Fröbe: Mettenschicht.
Helmuth Stapff (Hrsg.): Weihnachten im Erzgebirge. VEB Friedrich Hofmeister Verlag, Leipzig 1955.

Anton Günther: O selige Weihnachtszeit / Seid friedlich, Ihr Leit! / Weihnachtslied.
Archiv Heilfurth

Arthur Günther: Die Schneeberger Turmsänger.
Glückauf 12/58

Gerhard Heilfurth: Das Erzgebirge als „Weihnachtsland". Erinnerungen und Einblicke in seine Struktur und Geschichte.
Einleitungstext für dieses Buch mit Hinweis auf das Literaturverzeichnis

ders.: Schnitzstunde. (Der Text entstand 1932)

ders.: Das Bergmannslied im Weihnachtsbrauch. (Der Text entstand 1935)

Ehrhardt Heinold: Weihnachten und die heiligen zwölf Nächte in Aberglaube und Brauchtum.
Originalbeitrag für dieses Buch.

Martin Herrmann-Freiberg: Christmarktskinner.
Sächsische Gebirgsheimat 1975, Oberlausitzer Kunstverlag Christian Schubert, Ebersbach/Sachsen.

Erich Kästner: Der Dezember.
Erich Kästner: Die 13 Monate. Atrium Verlag, Zürich 1955.

Olga Klitsch: Neunerlei.
Erzgebirgisches Weihnachtsbüchlein 5/65. Erzgebirgsverein e. V., Kirchberg/Jagst 1965.

Friedrich Emil Krauß: Die Geschichte vom Paradiesgarten.
Erzgebirgisches Weihnachtsbüchlein 9/69. Erzgebirgsverein e. V., Kirchberg/Jagst 1969.

ders.: Heit is wieder Hutzenobnd / Weihnachtskinnerlied.
S. Manfred Blechschmidt

ders.: Schnitzerlied / Ein zweiter Schnitzerlied / Weihnachten im Gebirg.
S. Walter Fröbe

ders.: Weihnachten im Erzgebirge.
Helmut Sieber (Hrsg.): Morgen, Kinder, wird's was geben. Ein sächsisches Weihnachtsbuch. Weidlich Verlag, Frankfurt/M. 1966.

Erich Lang: Der Bargma / 's Raachermannel.
S. Walter Fröbe

Heinz Lauckner: Pyramide.
Sächsische Gebirgsheimat 1972, Oberlausitzer Kunstverlag Christian Schubert, Ebersbach/Sachsen.

Kurt Melzer: Das Weihnachtszimmer wird hergerichtet.
Kalender für das Erzgebirge und das übrige Sachsen. 18. Jahrgang, Arved Strauch, Leipzig 1922.

Walter Mitscherling: Beim Gang einer Pyramide.
Walter Mitscherling: Willkommen, Weihnacht. Betrachtungen und Erzählungen. Evang. Verlagsanstalt, Berlin 1960.
Josef Moder: Dreikönigssingen im Erzgebirge.
Erzgebirgisches Weihnachtsbüchlein 19/79. Erzgebirgsverein e. V., Kirchberg/Jagst 1979.
Karl Hans Pollmer: Horcht! Horcht!
Albert Zirkler: Eia, Weihnacht. Ein Weihnachtsbuch in sächsischer Mundartdichtung. 2. Auflage, Evang. Verlagsanstalt, Berlin 1971.
ders.: Mei Peremett / Mei Weihnachtsbarg.
S. Walter Fröbe
ders.: Mei Weihnachtszeig.
Sächsische Gebirgsheimat 1980, Oberlausitzer Kunstverlag Christian Schubert, Ebersbach/Sachsen.
Hermann Reuther: Ruscheln.
Erzgebirgisches Weihnachtsbüchlein 10/70. Erzgebirgsverein e. V., Kirchberg/Jagst 1970.
Siegfried Sieber: Bergspinnen, die erzgebirgischen Weihnachtsleuchter.
S. Max Barthel
Max Schreyer: Heiligobnd-Lied.
S. Manfred Blechschmidt
Christian Teller: Heiligobnd-Schrack in Crandorf.
Originalbeitrag für dieses Buch.
Fritz Thost: Der alte Weihnachtsberg / Schneeberger Bergmannskrippe.
Erzgebirgisches Weihnachtsbüchlein 5/65. Erzgebirgsverein e. V., Kirchberg/Jagst 1965.
Max Wenzel: Adventsliedel / Nooch der Beschering / Raacherkerzeln (gekürzte Fassungen).
S. Walter Fröbe
ders.: De Christgeburt, wie se in der Schrift stieht.
Sächsische Heimat 12/84
ders.: Seiffner Kinner.
S. Manfred Blechschmidt (Text entstand um 1930.)
Erich Wunderwald: Weihnachten kimmt.
Sächsische Gebirgsheimat 1974, Oberlausitzer Kunstverlag Christian Schubert, Ebersbach/Sachsen.
Aardäppelgetzen, Rauche Mad ... (überliefert)
S. Manfred Blechschmidt
Berühmte Krippen und Weihnachtsberge im Erzgebirge. (Verfasser unbekannt)
Erzgebirgisches Weihnachtsbüchlein 24/84. Erzgebirgsverein e. V., Kirchberg/Jagst 1984.
M. L.: Eine lustige Schlittenfahrt.
Erzgebirgisches Weihnachtsbüchlein 7/67. Erzgebirgsverein e. V., Kirchberg/Jagst 1967. (Der Name des Autors ist nicht zu ermitteln.)
Erzgebirgische Rezepte zur Advents- und Weihnachtszeit.
Die Rezepte gehen auf Mitteilungen des Erzgebirgsvereins Hildesheim, des Erzgebirgsvereins Düsseldorf und auf Manfred Blechschmidts Buch „Behüt eich fei dos Licht" zurück.
Das Heiligobnd-Lied.
Aus verschiedenen Quellen und mündlicher Überlieferung zusammengestellt.
In dr Hutzenstub. (Überliefert, Arnsfeld)
S. Manfred Blechschmidt
Kauft, ihr Leit, 's ist Weihnachtszeit. Eine Plauderei vom Dresdner Striezelmarkt. (Verfasser unbekannt)
Erzgebirgisches Weihnachtsbüchlein 6/66. Erzgebirgsverein e. V., Kirchberg/Jagst 1966.
Nach Huhneigahr. (Verfasser unbekannt)
S. Max Barthel
Rupprich, will dr mol wos sogn / Rupprich-Vaarschle. (Überliefert)
K. Dähnhardt: Volkstümliches aus dem Königreich Sachsen. 1. und 2. Heft. B. G. Teubner 1898.
außerdem s. Manfred Blechschmidt
Schneeberger Turm-Glückauf.
Archiv Heilfurth
Vaarschle zun Kuchnsinge. (Überliefert)
S. Manfred Blechschmidt
Vom erzgebirgischen Heiligabend-Licht. (Verfasser unbekannt)
Erzgebirgisches Weihnachtsbüchlein 10/70. Erzgebirgsverein e. V., Kirchberg/Jagst 1970.
Weihnachtliche Erinnerung. (Verfasser unbekannt)
S. Walter Fröbe

Bildnachweis

S. 6: DEFA-Color-Dia-Serie Nr. 52 „Im Seiffener Spielzeugwinkel"; VEB DEFA Kopierwerke, Groß-Berliner Damm 71, DDR–1197 Berlin, Foto: Christoph Georgi, Schneeberg.
S. 7: wie oben. Foto: R. Kampmann, Berlin.
S. 8 o.: Aus: G. Agricola, Vom Berg- und Hüttenwesen (1556). Neudruck München 1977.
S. 8 u.: Museum f. Bergmännische Volkskunst, Schneeberg, Foto F 191: Ch. Georgi, Schneeberg.
S. 10 o. r.: Sammlg. E. Heinold, Foto: H. J. Rau.
S. 10 o. li.: Archiv Heilfurth, Foto: H. J. Rau.
S. 10 u.: Archiv Heilfurth, Foto: H. J. Rau.
S. 11 o. li.: Sammlung H. J. Rau, Foto: H. J. Rau.
S. 11 o. r.: DEFA-Color-Dia-Serie Nr. 132 „Erzgebirgisches Spielzeugmuseum Seiffen"; VEB DEFA Kopierwerke, Groß-Berliner Damm 71, DDR 1197 – Berlin, Foto: F. Mohr, Berlin
S. 12 u. li.: Archiv Heilfurth
S. 12 o. r.: Aus: G. Hanisch: Vom Licht der Weihnacht im Erzgebirge. Aufn. v. Ch. Georgi, Berlin 1973. Ev. Verlagsanstalt, Berlin; Foto: Ch. Georgi.
S. 13: Aus: Erzgebirgisches Weihnachtsbüchlein 22. Ausgabe Erzgebirgsverein e. V., Kirchberg/Jagst 1983.
S. 14 o. li.: Sammlg. E. Heinold, Foto: H. J. Rau.
S. 14 u. r.: Archiv Heilfurth, Foto: H. J. Rau.
S. 15: Archiv Heilfurth, Foto: H. J. Rau.
S. 16: Aus: S. Sieber, Das Erzgebirge. Landschaft und Menschen, Wolfgang Jeß-Verlag, Dresden 1930.
S. 17 o. li.: Archiv Heilfurth.
S. 17 o. r.: Archiv Heilfurth.
S. 18: DEFA-Color-Dia-Serie Nr. 190 „Schneeberg", VEB DEFA Kopierwerke, Groß-Berliner Damm 71, DDR–1197 Berlin, Foto: Ch. Georgi, Schneeberg.
S. 19 o.: Archiv Heilfurth, Foto: Ch. Georgi, Schneeberg.
S. 19 u.: Aus: Das Erzgebirge. Mit Fotos von Rössing-Winkler und einer Einführung von P. Beyer, VEB F. A. Brockhaus Verlag, Leipzig 1970. Foto: Rössing-Winkler.
S. 20 o li.: Postkarte a. d. VEB-Foto-Vlg., DDR 9658 – Erlbach i. Vogtland, Foto: Hoffmann.
S. 20 u. r.: wie S. 20 o. li.
S. 21: Postkarte a. d. Fotografischen Vlg. R. Kallmer, Zwickau i. Sachsen.
S. 22: Archiv Heilfurth. Foto: Dr. Zocher.
S. 23: Aus: Ch. Rietschel: Die Weihnachtskrippe. Ev. Verlagsanstalt, Berlin 1973, Foto: Ch. Georgi.
S. 24: Deutsche Fotothek, Dresden, Nr. 121254.
S. 25: Aus: Krippen im Erzgebirge. 18. Privatdruck v. F. E. Krauß 1934, Foto: Nowak, Dresden.
S. 26: Archiv Heilfurth, Foto: Ch. Georgi, Schneeberg.
S. 27 o.: Aus: Ch. Rietschel: Die Weihnachtskrippe. Ev. Verlagsanstalt, Berlin 1973, Foto: Ch. Georgi.
S. 27 u.: Fotokarte a. d. Vlg. VEB Bild u. Heimat, Reichenbach i. Vogtland, Foto: Bild u. Heimat, Mehlig.
S. 28: Aus: Das silberne Erzgebirge. Bilder aus dem Erzgebirge von A. Renger-Patzsch. Mit e. Vorw. v. E. F. Krauß. 33. Privatdruck v. F. Krauß, Schwarzenberg 1940, Foto: A. Renger-Patzsch.
S. 29 o.: Archiv Heilfurth, Foto: Ch. Georgi, Schneeberg.
S. 29 u.: Archiv Heilfurth.
S. 30 o.: Archiv Heilfurth.
S. 30 u.: wie 26.
S. 31: Archiv Heilfurth, Foto: H. J. Rau.
S. 32: VEB Volkskunst Vlg., Reichenbach/Vogtland; Foto: Deutsche Fotothek, Dresden.
S. 33 o.: Archiv Heilfurth, Foto: H. J. Rau.
S. 33 u.: DEFA-Color-Dia-Serie Nr. 132 „Erzgebirgisches Spielzeugmuseum", Foto: U. Frewel, Rothenburg o.d.T.
S. 34 li.: Archiv Heinold, Foto: Firma Spacek, Hans Hoffmann.
S. 34 r.: wie S. 8 o.
S. 35 u.: Aus: S. Sieber: Das Erzgebirge. Dresden 1930, Foto: Sächsische Landesbildstelle.
S. 35 o.: Fotokarte d. VEB-Fotoverlages, DDR-9658 Erlbach/V., Foto: Hoffmann.
S. 36 li.: DEFA-Color-Dia-Serie Nr. 132 „Erzgebirgisches Spielzeugmuseum", Foto: U. Frewel, Rothenburg o.d.T.
S. 36 r.: wie S. 36 li.
S. 37 li.: Deutsche Fotothek, Dresden, Nr. 126643.
S. 37 r.: wie S. 27 u.
S. 38: wie S. 12 o. r.
S. 39: wie S. 35 o.
S. 40 u.: Sammlg. E. Heinold, Foto: H. J. Rau.
S. 40 o.: wie S. 35 o.
S. 41: Deutsche Fotothek, Dresden Nr. 120612.
S. 42: Aus: A. Findeisen: Das goldene Weihnachtsbuch aus dem Erzgebirge. 63.–72. Tsd., Koehlers Verlagsges., Herford 1985.
S. 43: Sächsische Gebirgsheimat 1982, Oberlausitzer Kunstvlg., DDR–8705 Ebersbach.
S. 44/45 o.: Kalender für das Erzgebirge und Vogtland von 1905. Vlg. Graser's, Annaberg.

S. 45 u.: Sammlg. E. Heinold, Foto: H. J. Rau
S. 46: wie S. 21.
S. 48 o.: Aus: O. E. Schmidt: Sachsenland, Reprint: Weidlich, Frankf./M. 1982.
S. 48 u.: Aus: Waldkirchener Musterbuch, coloriert 1850.
S. 49: Deutsche Fotothek, Dresden, Nr. 7203.
S. 50: Archiv Heilfurth, Foto: H. J. Rau.
S. 52: Bunte Bilder aus dem Sachsenlande Bd. 2, 2. Aufl. Dresden 1925.
S. 53: wie S. 35 u.
S. 54 u.: Aus: Olbernhauer Musterbuch 1877.
S. 54 o.: Sammlg. E. Heinold, Foto: H. J. Rau.
S. 55: Aus: A. Spamer: Deutsche Volkskunst Sachsen, 2. Aufl. H. Böhlaus Nachf. Weimar 1954.
S. 56: wie S. 35 u.
S. 58 o.: wie S. 54 o.
S. 58 u.: wie S. 35 o.
S. 59: wie S. 42.
S. 60: Archiv Heilfurth, Foto: Ch. Georgi.
S. 62: Archiv Heilfurth, Foto: H. J. Rau.
S. 63: Ch. P. Grauwiller, Liestal/Schweiz, Foto: H. J. Rau.
S. 64 u.: wie S. 42.
S. 64 o.: Aus: Waldkirchener Musterbuch 1840.
S. 65 o.: Aus: Ludwig-Richter-Album, 2. Bd. München 1968.
S. 65 u.: Aus: K. A. Findeisen: Das goldene Weihnachtsbuch aus dem Erzgebirge. 1. Aufl. Zwinger-Vlg. Dresden 1936.
S. 66 u.: Archiv Heilfurth, Foto: U. Finke.
S. 67: Aus: H. Hoffmann: König Nußknacker und der arme Reinhold. Erstausgabe Frankf./M. 1851.
S. 68: DEFA-Color-Dia-Serie Nr. 132 „Erzgebirgisches Spielzeugmuseum", Foto: U. Frewel.
S. 69: Aus: E. Heinold: Holzspielzeug aus aller Welt. Kunstvlg. Weingarten 1983, Foto: H. J. Rau.
S. 69 u.: Musterbuch Firma Wagner 1865 (aus: Sächsische Heimatblätter 6/65).
S. 70 o.: Bildkarte des Wettin-Vlg. Kirchberg/Jagst Nr. 10/78.
Abb. S. 70 u.: Umschlagmotiv zu M. Blechschmidt (Hrsg.): Behüt eich fei dos Licht. VEB F. Hoffmeister, Leipzig o. J.
S. 71 o.: Bildkarte des Wettin-Vlg. Kirchberg/Jagst Nr. 09/78.
S. 71 u.: M. Blechschmidt (Hrsg.): Behüt eich fei dos Licht. VEB F. Hoffmeister, Leipzig o. J.
S. 72: Archiv Heilfurth, Foto: H. J. Rau.
S. 73: Aus: Bestelmeier-Katalog um 1800.
S. 74 li.: wie S. 48 u.
S. 74 r.: Aus: E. Schäfer: Das Erzgebirge und sein Handwerk. Berlin: Vlg. d. Nation, 2. Aufl. o. J.
S. 75: Aus: H. Stapff (Hrsg.): Weihnachten im Erzgebirge. Leipzig: VEB F. Hoffmeister 1955.
S. 76: Priv. Museum Erzgebirgischer Volkskunst E. Werkner, Kehl-Kittersburg, Foto: Ch. Rau.
S. 77 li.: wie S. 11 o. r.
S. 77 r.: wie S. 76.
S. 78: wie S. 55.
S. 79: wie S. 35 o.
S. 80: Archiv Heilfurth, Foto: H. J. Rau.
S. 81: Sammlg. E. Heinold.
S. 83: Sammlg. R. u. R. Rilz, Foto H. J. Rau.
S. 84: wie S. 48 u.
S. 85: Aus: Erzgebirgisches Weihnachtsbüchlein 20. Ausgabe; Archiv d. Erzgebirgsvereins e. V. im Erzgeb. Heimatmuseum, Kirchberg/Jagst.
S. 86: wie S. 85, jedoch 19. Ausg.
S. 88: Aus: G. Heilfurth: Neustädtel und seine Bergbaulandschaft. Dresden 1935.
S. 90: Archiv Heilfurth, Foto: Ch. Georgi.
S. 91 o.: Aus: F. E. Krauß: Ein erzgebirgischer Weihnachtsberg. 28. Privatdruck von F. E. Krauß, Schwarzenberg i. Erzgebirge 1937.
S. 91 u.: wie S. 85.
S. 92: Fotokarte a. d. Vlg. VEB Bild u. Heimat, Reichenbach i. Vogtland, Foto: Spahn, Olbernhau.
S. 94: wie S. 42.
S. 95: Archiv Heilfurth, Foto: Kircheis, Schneeberg.
S. 97: Liedblatt, verlegt v. E. Matthes.
S. 98 li.: wie S. 66 o.
S. 98 r.: wie S. 91 o.
S. 99: Aus: S. Sieber: Das Erzgebirge. Landschaft und Menschen. W. Jeß-Vlg., Dresden 1930.
S. 101: wie S. 88.
S. 103: wie S. 66 o.
S. 105: Aus: Lieferkatalog d. Firma G. Lutherer KG, Postfach 3107, 4054 Nettetal-Breyell, Foto: H. J. Rau.
S. 106: Aus: Erzgebirgisches Weihnachsbüchlein 23. Ausg.
S. 108 o.: Archiv Heilfurth, Foto: K. Porezag.
S. 108 u.: Archiv Heilfurth.
S. 109 o.: wie S. 76.
S. 109 u.: wie S. 35 o.
S. 110: wie S. 106.
S. 111: Feierohmd-Bilderbogen Nr. 5 des Erzgebirgsmuseums Kirchberg/Jagst.
S. 112 o.: Liedpostkarte a. d. Vlg. E. Neubert; Rechte beim VEB F. Hoffmeister Musikvlg., Leipzig.
S. 112 u.: Aus: Glückauf, Zeitschrift des Erzgebirgsvereins e. V. 97 (34. Jg.) Juni 1986, Foto: E. Reuther.
S. 113: wie S. 71 u.
S. 114: Archiv Heilfurth, Foto: H. J. Rau.
S. 115: wie S. 114.
S. 116: Archiv Heilfurth.
S. 117: Aus: Das Werk, 4. Jg. (1955) Heft 6.

S. 118: wie S. 33 u.
S. 119: Wettin-Vlg., Kirchberg/Jagst, Bildkarte Nr. 08/78.
S. 121, 122, 123 o., 124, 125 o.: Scherenschnittserie „Gruß vom Schwarzenberger Weihnachtsmarkt", Vlg. Bild u. Heimat, Reichenbach/Vogtland.
S. 123 u.: Aus: Grünhainicher Katalog 1900.
S. 125 u.: Das Werk, 4. Jg. 1955, H. 6, S. 163.
S. 127: wie S. 26.
S. 129: Archiv Heilfurth; Foto: H. Landgraf, Aue.
S. 130: wie S. 35 o.
S. 132: Aus: Sammlerbulletin 2. Jg. Nr. 5, Foto: Ch. P. Grauwiller, Liestal.
S. 133: wie S. 48 u.
S. 134: Bildpostkarte a. d. Vlg. E. Neubert; Rechte b. Vlg. Bild u. Heimat, Reichenbach/Vgtld.
S. 135: wie S. 26.
S. 141ff.: Originalzeichnungen für dieses Buch v. A. Krebs-Halank.

Umschlagmotive
Vorderseite: „Engel-Wiegen-Gruppe und Margariten-Engel"; Foto: Atelier für Werbung Heiko Evert, Hamburg.
Rückseite: „Striezelkinder", DEFA-Color-Dia-Serie Nr. 132 „Erzgebirgisches Spielzeugmuseum Seiffen" VEB DEFA Kopierwerke Groß-Berliner Damm 71, DDR–1197 Berlin. Foto: U. Frewel.

Inhaltsverzeichnis

Zschopau
Chemnitz
Zwickau
Zschopau
Zwönitz
Stollberg
Hartenstein
Thum
Marienberg
Ehren-
friedersdorf
Zwönitz
Kirchberg
Schneeberg
Lößnitz
Geyer
Annaberg
Neustädtel
Elterlein
Aue
Buchholz
Schwarzenberg
Zwickauer Mulde
Eibenstock
Crottendorf
Johann-
georgenstadt
Neudorf
Oberwiesenthal
Gottesgab
(heute Boží Dar)
Joachimsthal
(heute Jáchymov)
Erz-
Eger